mare

11.9.2017

Für Ruth,

viel Vergnügen!

Herzlich

Anne von Canal

White out

Roman

mare

Die Deutsche Nationalbibliothek verzeichnet diese Publikation in der Deutschen Nationalbibliografie; detaillierte bibliografische Daten sind im Internet unter http://dnb.ddb.de abrufbar.

Die Arbeit der Autorin am vorliegenden Buch wurde vom Deutschen Literaturfonds e. V. gefördert.

1. Auflage 2017

Typografie Farnschläder & Mahlstedt, Hamburg
Schrift Apolline
Druck und Bindung CPI books GmbH, Germany
ISBN 978-3-86648-247-0

MIX
Papier aus verantwortungsvollen Quellen
FSC® C083411

www.mare.de

Für Tifi

The people we most love do become
a physical part of us, ingrained in our synapses,
in the pathways where memories are created.

Meghan O'Rourke

Vi börjar om igen. Vi ger oss inte.

Lars Gustafsson

I

Unser Herz schlägt nicht mehr.

Über der eisigen Weite liegt eine Stille, glatt wie Emaille. Die Zeltwand flattert leise, doch sonst höre ich nichts.

Etwas ist schiefgegangen.

Ich setze mich auf.

Zappa?, will ich rufen. Thomas! Aber ich kann mich nicht überwinden, meine Stimme in dieses außerordentliche Schweigen zu zwingen. Es ist zu groß.

Ich schließe die Augen, um besser hören zu können, aber da ist nichts.

Kein Laut. Kein Puls.

Vielleicht bin ich allein. Zappa, Thomas, Ole, Fränzi – keiner mehr da, das Camp weg, unsere Geräte verschwunden. Oder es ist mein Herz, das nicht mehr schlägt, und ich bin nicht mehr da. Vielleicht ist das die Ewigkeit, und ich bin bloß meine eigene Idee. Es würde mich nicht überraschen.

Hier muss man auf alles gefasst sein.

Ich sollte nachsehen, was passiert ist. Sollte mir einen Überblick verschaffen, feststellen, wo der Fehler liegt. Ob es einen Schaden gibt. Ob der Ausfall die Expedition gefährdet. Müsste mir Gedanken machen, über die möglichen Konsequenzen. Sollte. Müsste. Doch mehr, als meine Augen ziellos über den gelben Himmel zu schicken, der sich über mir spannt, bringe ich nicht fertig. Ich sitze einfach nur da, schaue, lausche. Und spüre, wie die Kälte durch die Nasenlöcher in mich hineinkriecht und langsam meine Gedanken lähmt.

Direkt neben meinem Kopf ist ein kleiner Punkt auf dem Stoff, er ist schon lange dort, ein alter Bekannter, weder schwarz noch weiß. Seltsam eigentlich. Ist das ein Loch? Ich strecke den Zeigefinger aus und fühle darüber. Zum ersten Mal. Tatsächlich, die Sonne hat sich ein Loch gebohrt.

Ein Seufzen ertönt.

Kurz meine ich, es kommt aus meiner Brust, so nah klingt es. Doch dann folgt ein dumpfes Klopfen. Ich halte die Luft an. Mühsam und ein wenig aus dem Takt steigert sich das Pochen, bis wieder der vertraute Rhythmus durchs Camp hämmert.

Als hätte es den Moment der Verlassenheit nie gegeben.

Hanna, bist du da? Hallo? Thomas für Hanna!

Thomas' gedämpfte Stimme lässt Luft in mein Vakuum. Ich ziehe mein Funkgerät an der Antenne unter dem Kopfkissen hervor und drücke den Sprechknopf.

Ich höre, sage ich, so routiniert es geht.

Alles in Ordnung?

Was soll ich darauf antworten – Mein Herz schlägt, wir sind alle noch da, vor uns liegt ein arbeitsreicher Tag.

Ja?, sage ich.

Wir hatten eine Panne am Generator. Aber Zappa hat wieder alles im Griff, sagt Thomas.

Gut, sage ich. Das ist gut. Ich dachte schon …

Also, dann?

Es klingt wie eine Frage. Ich weiß nicht, wonach, und warte.

Kommst du gleich rüber?, höre ich schließlich.

Ja, klar. Bin schon unterwegs.

Okay. Thomas Ende.

Es knackt und rauscht.

Kraftlos sinke ich zurück auf meine Isomatte. Natürlich bin ich erleichtert. Alles andere wäre eine Lüge.

Seit uns die kleine zweimotorige Maschine vor zwei Tagen mit unseren Materialkisten hier absetzte, wie eine Handvoll Sträflinge in der Wüste, seit wir im Schneewirbel der Propeller standen und dem letzten Stück Heimat winkten, seit das Flugzeug endgültig im Blau verschwand, sind wir völlig auf uns gestellt. Die kurze Beklommenheit, als die Motoren nicht mehr zu hören waren, haben wir schnell weggelacht.

Wir gehören zusammen. Sind ein Außenposten im Grenzbereich des Möglichen. Ein einziger Organismus. Ein kleiner antarktischer Fünfzeller. Und mehr als alles andere brauchen wir unser Herz.

Ich horche nach draußen. Es wummert verlässlich.

Entschlossen öffne ich der Kälte den Schlafsack und ziehe schnell die Thermohose über meine Leggins. Dann die Isostiefel. Den Fleecepulli über mein Merinohemdchen. Jacke. Schal, Mütze, Handschuhe, wie eine Daumenkinofigur. Zum Schluss noch die Sonnenbrille. Nie ohne Sonnenbrille. Dann schlage ich die Zelttür zurück und strecke mich hinaus ins Weiß, Weiß, Weiß.

Nichts hat sich verändert. Die Ebene liegt nackt in der Sonne dahingestreckt, unbescheiden und selbstverständlich, als wäre sie die ganze Welt. Man könnte es glauben.

Nichts als Eis, so weit Auge und Möglichkeiten reichen. Terra nullius. Niemands Land.

Das Ausmaß an Ödnis ist atemberaubend, macht mich immer wieder stumm und zugleich seltsam froh. Ich fühle mich sauber. Der Kopf gefegt bis in die Ecken.

Auf dem Weg zum Bohrschacht stehen die Markierungsfähnchen Spalier und verbeugen sich an ihren Bambusstangen im leichten Wind. Ich nicke ihnen zu. Lüfte im Vorbeigehen höflich meine Mütze, der Schnee unter meinen Füßen quietscht trocken wie Styropor.

Guten Morgen, sage ich mit einem angedeuteten Diener, als ich am Rand des Grabens stehen bleibe.

Hey Boss, da bist du ja.

Thomas sieht zu mir herauf. Mit hochgeschobenen Ärmeln und beschlagener Brille steht er in drei Metern Tiefe. Verschwitzt. In seinem Bart hängt zu winzigen Eiszapfen gefrorener Atem. Als wüchse der ganze Mann langsam in die Umgebung hinein.

Den Anfang haben wir schon mal, sagt er. Deutet auf den großen Handbohrer, auf die dunkle Öffnung im Eis, die unser Bohrloch werden soll.

Wo ist Zappa?, frage ich.

Repariert noch irgendwas am Generator. Die Einspritzpumpe hat gestreikt, sagt er. Aber jetzt läuft sie wieder.

Ich atme endgültig auf.

Kaum auszudenken, was ein schwerwiegender Generatorenausfall für unseren Zeitplan bedeuten würde. Schließlich haben wir mit der eigentlichen Arbeit noch gar nicht begonnen.

Thomas steigt die acht glatten Stufen hinauf, die wir gestern ins Eis gesägt haben. Stellt sich neben mich, betrachtet unsere Baustelle, die Arme in die Seiten gestemmt. Zufrieden.

Bestens, sage ich und kann doch nicht umhin, zu fragen: Warum habt ihr mir heute Morgen nicht Bescheid gesagt?

War ja nur eine Kleinigkeit.

Ich weiß. Aber trotzdem …

Was rede ich da? Es muss klingen, als würde es mir an Vertrauen oder Selbstbewusstsein fehlen.

War doch nicht zu überhören, die Stille, oder? Thomas grinst. Aus seinem Bart löst sich ein Tropfen.

Du schmilzt, Gletscher, sage ich.

Er wischt sich mit dem Handrücken über den Mund. Apropos schmelzen … Wie wäre es mit Kaffee?

Unbedingt. Und dann klotzen wir ran, damit wir morgen endlich anfangen können, zu bohren.

Bohren. Das Wort allein lässt mein Zwerchfell beben, meine Nerven flattern. Alles in mir will bohren, notfalls mit dem Zahnstocher.

Jahrelange Planung, monatelanges Vorbereiten, wochenlange Anreise von Frankfurt über Kapstadt und Novo Airbase, hierher, an diesen Ort jenseits von Zeit und Zivilisation; tagelanges Graben, Sägen, Bauen und Installieren bis zur Erschöpfung, der Aufbau eines funktionierenden Lebensraums aus dem weißen Nichts – alles, um einen rund dreihundert Meter langen Eiskern bohren zu können. Ein Loch so tief, wie der Eiffelturm hoch ist, das ist der Plan. Das ist unsere Forschung. Darum bin ich hier. Darum sind wir alle hier. Weil wir nichts mehr und dringender wollen, als dem Eis seine Geheimnisse zu entlocken.

Ja, sagt Thomas. Es wird Zeit.

Höchste Zeit, sage ich.

Wir schauen zu, wie ein Schleier aus Wildschnee vor uns in die Luft steigt. *Diamond dust.* Schwebende Kristalle, in spektraler Kraft funkelnd.

Die gute Nachricht ist, die Zeit bleibt heute stehen, sagt Thomas.

Und tatsächlich.

Heigh-Ho, Heigh-Ho, it's off to work I go.

Eine rote Schaufel über der Schulter marschiert Ole singend in unsere Ahnung von Ewigkeit.

Er wirbelt die Schippe einmal herum wie ein Funkenmariechen seinen Bâton und rammt sie vor sich in den Schnee.

So, sagt er entschieden. Was gibt's zum Frühstück?

Mir fällt so schnell keine Antwort ein.

Du kannst heute wählen zwischen gebratenem Speck, Würstchen und Rührei, sagt Thomas. Zu allem natürlich Toast, hausgemachte Marmelade und frische Südfrüchte.

Klingt göttlich, sagt Ole. Zu dumm, dass ich auf Diät bin! Aber war nicht eben von Kaffee die Rede?

Er wartet nicht ab, was wir dazu sagen, ist schon wieder in Richtung unseres Quartiers davon. Bei jedem zweiten Schritt wirft er seine Fellmütze in die Höhe. Wieder und wieder fliegt die Schapka in die Luft, flattert unbeholfen mit den Ohrenklappen.

Seltsamer Vogel, sagt Thomas.

Ich weiß nicht, ob er die Mütze meint oder Ole.

Die Espressokanne steht bereits gurgelnd auf dem Gaskocher, als wir ins Zelt steigen. Das Aroma steigt mir ins Gehirn, entfacht ein ziehendes Verlangen.

Abgewandt vom Eingang sitzt Fränzi und starrt in den Laptop, lässt den Mauszeiger über Zahlen, Graphen, Diagramme huschen. Sie zupft sich trockene Hautfetzen von der Unterlippe, hat ein Bein hochgezogen, das andere wippt unter dem Tisch, als wollte es jeden Moment weglaufen.

Hallo, sage ich.

Sie antwortet nicht. Unter ihrer peruanischen Strickmütze ringeln sich Kopfhörerkabel hervor, doch es dringt kein Laut nach außen.

Ich habe nie gefragt, was sie hört – Klassik, Heavy Metal, vielleicht galaktisches Rauschen –, habe am ersten Tag nur auf die kleinen Stöpsel in ihren Ohren gedeutet, die Augenbrauen hochgezogen und gefragt: Muss das sein? Ja, sagte sie, nach zwei Sekunden Bedenkzeit. Also toleriere ich es. Außerhalb der Arbeit wohlgemerkt.

Das Blubbern verstummt, als ich das Gas abdrehe.

Keiner von uns ist besonders an Frühstück interessiert – das dient hauptsächlich der notwendigen Kalorienzufuhr –, aber Kaffee brauchen wir alle. Die Beschleunigung, das leichte zerebrale Beben.

Thomas stellt unsere Thermosbecher neben der Kochstelle bereit, und ich gieße ein, so schnell und gerecht wie möglich. In eine Tasse schaufelt Thomas drei Löffel Zucker und schiebt sie mir zu.

Stark und süß, sagt er.

Etwas in mir will automatisch kokettieren: Ich oder der Kaffee? Aber diese Tonlage passt nicht hierher, und nicht zu Thomas und mir. Zu unserer ruhigen und gradlinigen Frequenz.

Keks?, frage ich stattdessen, lege eine Schachtel Gebäck auf den Tisch.

Aber gern!

Ole langt nach der Packung, ehe Thomas antworten kann. Ein, zwei, drei Plätzchen verschwinden in seinem Mund. Ich muss lachen.

Es ist ein schnelles Spiel, sage ich.

Ich dachte, du wärst auf Diät, murrt Thomas.

Vielleicht könnten wir uns jetzt kurz dem Tagesplan widmen, sage ich.

Ole nickt, grinst mich mit vollen Backen an.

Gut. Ich ziehe mein Notizbuch aus der Tasche. Blättere. Wenn es so läuft wie gestern, müssten wir heute mit den Vorbereitungen fertig werden. Am besten ist, wir –

Du hast Post, unterbricht Fränzi.

Ich sehe von meinen Aufzeichnungen auf. Du – das gilt immer mir, die anderen spricht sie mit Namen an.

Von wem?, frage ich, ehe sie es wiederholt. Denn das würde sie. Du hast Post, du hast Post. So lange, bis ich reagiere.

Ein Klicken auf dem Touchpad und ihre Antwort: Jan Fuchs.

Ich horche auf. Mein Bruder schreibt mir fast nie, und wenn, dann schickt er meist Links zu albernen Videoclips.

Betreff?

Die Frage rutscht aus mir heraus, obwohl es niemanden etwas angeht, obwohl es nur unwichtig sein kann, obwohl ich es selbst lesen könnte, später, morgen, nie, obwohl.

Scott, sagt sie trocken.

Was?, frage ich reflexhaft, während das Wort sich in mir ausbreitet; Hirn, Herz, Darm gleichzeitig erreicht.

Es heißt wie bitte, sagt Ole. So viel Zeit muss sein.

Scott, sagt Fränzi noch einmal.

Na, der ist ja schon eine Weile tot, meint Thomas.

Aber gut konserviert! Ole lacht. Und das gar nicht mal weit von hier.

Ich schlucke. Scott. Das Wort rumort in mir.

Kannst du löschen, sage ich und greife nach meinem Notizbuch. Blättere.

Ich nehme an, es ist kein Kaffee mehr übrig?

Hinter mir duckt sich Zappa durch den Eingang herein. Den schmalen Kopf schräg geneigt, mustert er uns wie ein Lehrer, der seine Klasse kurz unbeaufsichtigt gelassen hat. In seinem Mundwinkel hängt eine erloschene oder noch nicht angezündete Zigarette.

Wir haben ..., beginne ich.

... dich vergessen, fällt mir Ole gut gelaunt ins Wort.

... schon mal angefangen, übertöne ich ihn. Strecke Zappa meinen Becher hin.

Hier, ich habe genug.

Er riecht daran, nippt und verzieht angewidert das Gesicht.

Willst du mich vergiften?

Fränzi sieht vom Bildschirm auf. Sie zieht den Kopfhörerstöpsel aus ihrem rechten Ohr und schaut Zappa an.

Wieso sollte sie das tun?, fragt sie, runzelt die Stirn. Das wäre äußerst unlogisch.

Zappa trinkt noch einen Schluck.

Ganz genau, sage ich rau. Meine Stimmbänder haben sich irgendwie verknotet. Ich räuspere mich. Können wir uns jetzt bitte *alle* mal auf den Tagesplan konzentrieren? Nur fünf Minuten!

Gehorsames Schweigen.

Also. Wenn wir –

Keks, irgendwer?, fragt Ole.

Wir sägen.

Wir schaufeln.

Wir schleppen.

Eisblock für Eisblock wird der Schacht größer und tiefer.

Viel Atem zum Reden haben wir nicht, und die Gespräche erschöpfen sich schnell in kurzen Witzen und Bemerkungen. Es gibt ohnehin wenig von Bedeutung zu sagen, wenn man in einer über dreizehn Millionen Quadratkilometer großen Eiswüste steht und ein Loch hineinbuddelt.

Ich hole aus und ramme die Schippe in die losen Bruchstücke des Firns, schaufele sie in die zum Abtransport bereitstehende Kiste. Fünfzehn Mal ausholen, schippen. Klingt wie Snare. Kickdrum. Ich höre auf den Rhythmus, versuche ihm zu folgen, ihn zu halten. Ausholen. Schippen. Snare. Kickdrum. Bald spüre ich, wie mir das Unterhemd an Bauch und Rücken klebt. Snare. Kickdrum. Zum Glück ist es Wolle, die stinkt nicht so schnell. Lässt sich auch gut lüften. Eins zum Wechseln habe ich noch. Dabei habe ich früher nie so geschwitzt, erst später, als ich – wann war denn das? So mit dreißig vielleicht, als ich im Ruderclub war, damals in Hamburg? Snare. Kickdrum.

Denken im Rhythmus der Schaufel. Eine Weile geht es so.

Dann fügt sich plötzlich Fränzis Säge ein, begleitet meine Bassline. Du hast Post, singt sie. Du hast Post.

So laut ist die Säge, dass ich aus dem Tritt komme. Ich versuche ihr einen anderen Text zu geben: *Schnee und Eis. Mir ist heiß.* Aber sobald ich mich nicht mehr darauf konzentriere, erklingt wieder Fränzis Stimme in meinem Kopf. Du hast Post. Mit österreichischem dickem P. Fast wie Bost. Du hast Bost.

Stopp.

Ich übernehme die Säge, sage ich.

Fränzi hält irritiert inne. Es hat offenbar anders geklungen, als ich dachte.

Ist es in Ordnung, wenn wir mal tauschen?, füge ich hinzu. Mein Rücken …

Wie immer dauert es eine unbequeme Sekunde länger als bei anderen Leuten, bis sie antwortet.

Ja, sagt sie dann und nimmt mir die Schaufel aus der Hand.

Danke.

Ich säge. Schneller als Fränzi. Anders. Aber es hilft nicht, alles klingt wie *Du hast Post.*

Warum schreibt mir Jan ausgerechnet jetzt? Was hat er sich dabei gedacht? Wahrscheinlich nicht viel. Vermutlich hält er sich sogar für besonders pfiffig. Das entspräche seiner Art von Humor. *Wo du gerade sowieso im Eis bist, Schwesterchen, hier ein Gruß aus alter Zeit.* Dabei weiß er genau, dass unsere E-Mail-Adresse nur für den Notfall gedacht ist, dass ich hier sicher keinen Kopf für alte Geschichten habe. Und dass ich ohnehin nichts davon hören will, weiß er auch. Das haben wir vor Ewigkeiten geklärt.

Scott und Amundsen.

Du und ich und Jan. Das ist hundert Jahre her.

Ich lege noch mehr Tempo zu. Die Eisspäne fliegen, das Sägeblatt verkantet.

Du verschwendest Energie, sagt Fränzi.

Ich zucke die Schultern, mache weiter. Immer schneller. Bis die Gedanken nicht anders können, als zu verstummen. Bis Thomas irgendwann sagt: Besser wird's nicht mehr.

Ich reibe mir die Augen, stemme die Hände in die Hüften. Mir ist schwindelig, meine Muskeln weinen und schreien, die Arme gehören nicht mehr zu meinem Körper. Ich bin längst jenseits meiner Kraft.

Vermutlich hast du recht, sage ich.

Die anderen haben die Arbeit eingestellt, ohne dass ich es bemerkt habe. Ole sitzt auf den Stufen der Eistreppe. Er zeigt auf seinen Bauch.

Manche Leute haben Hunger.

Ich blinzle in Richtung Sonne. Sie steht verhältnismäßig tief, hat den Himmel in Brand gesetzt. Es muss schon spät sein.

Zu Hause würde ich auf die Uhr sehen. Aber dieser Ort kennt keine Zeitzone und hält sich ohnehin nicht an die bequeme Linearität, die wir gewohnt sind. In der endlosen Helligkeit des Polartages müssen wir selbst bestimmen, wann es Nacht wird. Und das ist meistens dann, wenn die Arbeit getan ist oder der Magen knurrt.

Wie wär's mit Nudelsuppe?, frage ich.

Ole springt auf, ist mit drei großen Schritten oben.

Schon unterwegs!

Ich klatsche so aufmunternd es geht in die Hände.

Ihr habt es gehört, Leute. Packen wir ein.

Als ich endlich aus unserer eisigen Gruft steige, badet das Camp im Abendlicht. Die Ebene ist rot geflutet, unsere Spuren darin sehen aus wie schwarze Flüsse und Seen.

Ich spüre meine Beine kaum noch.

Aus dem Quartierzelt ertönt Oles Stimme. Heigh-Ho. Heigh-Ho. Home from work we go. Seine Energie möchte ich haben.

Zappa umrundet den Schacht, rüttelt an Seilen und Planen. Kontrolliert, ob wirklich alles gesichert ist. Einmal, noch ein zweites Mal. Er überlässt nichts dem Zufall. Unsere Ausrüstung ist unser Erfolg, und er ist ihr Hüter. Streng und gewissenhaft, wie man sein muss, wenn das nächste Ersatzteil tausend Kilometer entfernt ist.

Ist gut, Zappa, sage ich. Das hält bis morgen. Komm essen.

Er sieht mich an, wiegt den Kopf und fischt eine verknitterte Zigarette aus der Brusttasche seines Overalls.

Nudelsuppe?, fragt er, als hätte ich ihm gegrillte Heuschrecken angeboten. Die Kippe hängt in seinem Mundwinkel, während er spricht, und der Rauch klettert in einer dicken Wolke an seinem Gesicht hinauf. Er kneift leicht ein Auge zu.

Ja, Nudelsuppe, sage ich irritiert, ohne zu wissen, wovon.

Ich gucke noch mal eben nach dem *Eclipse.* Damit wir morgen zeitig anfangen können, zu bohren.

Wirst du eigentlich nie müde?, frage ich.

Nein, antwortet er und schlendert davon.

Der Qualm seiner Zigarette hängt wie eine Fahne hinter ihm. Ein Geruch wie ein Sommer, ein Gefühl von Wärme.

Es ist so lange her, dass ich geraucht habe.

Ole sitzt auf dem Stuhl und kippelt, wir anderen hocken auf Transportkisten und löffeln schillernde Fettaugen. Die heiße Suppe betäubt die Speiseröhre. Ein leidenschaftlicher Schmerz, der in jeder Zelle guttut, bis zum letzten Schluck.

Der Stuhl knackst verdächtig. Es ist unser einziger, einfach und aus Plastik, nicht sonderlich stabil, aber ich verkneife mir einen Kommentar. Wer gekocht hat, darf zum Essen auf dem Stuhl sitzen, so lautet die Regel, und wir halten uns daran. Ich weiß nicht mehr, wer sich diese Sitte ausgedacht hat, womöglich war es sogar meine Idee.

Diese Bestimmungen. Wir haben ein ganzes Arsenal davon aufgestellt. Deutsche, die wir sind; Menschen, die wir sind – seltsam und widersprüchlich. Sprechen unablässig von unserer großen Sehnsucht nach Freiheit, doch wenn die Freiheit sich zeigt, wie hier, anarchisch und fordernd, halten wir uns doch lieber an absurde Routinen, als sie zu ertragen.

Wer ist dran mit Abspülen?, fragt Thomas. Als könnte er in meine Gedanken hineinschauen.

Ich, sage ich. Gleich.

Nur einen Moment die Augen schließen. Ausruhen. Ich lehne mich zurück an die Stoffwand.

Oles griffiger Bariton und Thomas' sahniger Bass. Zusammen klingen sie wie White Russian. Die beiden sprechen über einen Film, den ich nicht gesehen habe, über technische Details. Handkamera oder aus der Hand gefilmt. Wer erkennt schon den Unterschied, wenn es überhaupt einen gibt. Ich höre, wie Zappa sich über den Bart reibt, die Seiten seines Buches umblättert. Ein zerlesenes Stück Weltliteratur, das er immer in der Brusttasche trägt. Höre Fränzis Finger über die Computertasten huschen. Tipp, tipp, tipp. Ich bin kurz davor, mich von der Wohligkeit, den Geräuschen einlullen zu lassen, als sie sagt:

Du hast deine E-Mails noch nicht gelesen.

Wieso fängt sie jetzt schon wieder davon an?

Ich weiß, sage ich, ohne die Augen zu öffnen.

Da ist auch eine vom Chef. Und eine von Frau Klose.

Ja, Herrgott noch mal, ich hab's vernommen!, platzt der Unmut aus mir heraus. Ich setze mich auf.

Verwundertes Innehalten. Selbst Fränzi schweigt.

Hastig stehe ich auf, versuche, mich wieder in das Oberteil meines Overalls zu zwängen, das wie eine halb abgestreifte Schlangenhaut an mir herunterhängt, aber es ist alles verdreht, in Eile ausgezogen, die Ärmel auf links. Ich lasse sie baumeln.

Ganz schön eng hier, sage ich, steige über Thomas' Beine, stütze mich auf Zappas Schulter ab.

Erst am Ausgang bemerke ich, dass sie mich alle ansehen.

Es war ein anstrengender Tag, sage ich. Wir haben morgen viel vor. Ich muss wirklich ins Bett.

Eilig verlasse ich das Quartier.

Gute Nacht!, ruft Thomas hinter mir her.

Die Irritation in seiner Stimme ist nicht zu überhören. Dabei kann sie kaum größer sein als meine.

Ich steuere mit schnellen Schritten auf mein Zelt zu, ohne dem ungestümen Farbenspiel am Himmel Beachtung zu schenken, ohne den Windmesser zu checken oder das Thermometer, ohne mir die Zähne zu putzen. Routinemäßig mache ich mich bettfertig und krieche in den Schlafsack. Ziehe die Mütze auf, die Kapuze fest zu, mache mich klein, ganz klein, und halte die Luft an.

Vielleicht findet mich der Schlaf vor den Gedanken, dann müssen sie sich ein anderes Opfer suchen. Vielleicht übersehen sie mich.

Heiliger Sankt Florian, verschon mein Haus, zünd andre an. Was du nicht willst, dass man dir tu, das füg auch keinem andren zu. In allen vier Ecken soll Liebe drin stecken. Rosen, Tulpen, Nelken, soll'n sie doch verwelken. Ich bin klein, mein Herz ist rein … es wird eine Seehundschnauze sein?

Ich weiß, ich habe keine Chance.

Hier draußen bin ich leichte Beute, und du hast mich noch immer erwischt.

Ausrufezeichen! Punkt daneben. Dich vergess ich nie im Leben.

Eine singende Schiffsglocke. Jubelnde Menschenmengen.

Gute Reise! Gute Reise!

Bald darauf das Kratzen von Schlittenkufen auf Eis, vielstimmiges Hundegebell und der erbittert heulende Wind.

Scott: Alles hat sich schon jetzt gegen uns verschworen! Amundsen, das Wetter, die Tiere ... und wir stehen erst am Anfang.

Shambles Camp.

Evans: Die Ponys, Scott! Ich glaube, jetzt sind sie wirklich am Ende.

Scott: Dann erledigen Sie das, Evans.

Evans: Jawohl, Sir.

Peng. Peng. Peng.

Scott: Bald haben wir es geschafft, lumpige fünfzig Kilometer noch bis zum Pol. Wir müssen hinkommen, koste es, was es wolle!

Oates: Was ist denn das? Eine Flagge? Ein Zelt?

Scott: Wir sind zu spät. Amundsen war schon da. Alle Träume dahin!

Scott: Nach der Enttäuschung jetzt auch noch dieser schreckliche Rückweg.

Wilson: Evans kann nicht mehr.

Bowers: Oates will uns nicht länger zur Last fallen.

Scott: Halbe Rationen, kaum Schlaf.

Und immer der Wind.

Scott: Wir sitzen fest. Nur achtzehn Kilometer vom Depot entfernt!

Bowers: Dieser verdammte Sturm.

Scott: Wir können jetzt nicht mehr auf Besserung hoffen. Auch Bowers und Wilson sind heimgegangen. Um Gottes willen, sorgt ... für ... unsere ... Hinterbliebenen!

Den Blick im Inneren verloren, lauschten Jan und ich Scotts Worten nach, bis sie im Rauschen erstarben. Er hatte eine tapfere Stimme – bis zum Schluss. Jedenfalls auf unserer Hörspielschallplatte.

Die Nadel sprang mit rhythmischem Knacksen immer wieder über das Ende der Rille.

Umdrehen. Umdrehen. Umdrehen.

Ich spürte Jans nackte Zehen an meinen Waden. Er bohrte seine Füße fordernd zwischen mich und das Sofapolster.

Hör auf damit!, sagte ich.

Geh du, sagte er.

Geh doch selber.

Der Weg vom Sofa zum Dual war weit und unbezwingbar. Gletscherspalten, Schneeverwehungen, tote Männer. Alles echt und wahr. Ich hatte bisher nichts gewusst von der Unerbittlichkeit des Schicksals. Das Gruseln, das sie mir bereitete, war neu für mich. Es legte sich auf meine Haut wie ein feuchtes Tuch und ließ mich schaudern.

Jans Zehennägel kratzten beharrlich über mein Bein.

Hör endlich auf mit deinen Stinkquanten!

Aus den Lautsprechern drang noch immer das fordernde Endlosknistern. Umdrehen. Umdrehen.

Ich stierte Jan an. Er sah stur zurück.

Nini!, schrien wir schließlich unisono und fügten nach einer kurzen Pause hinzu: Um-dre-hen!

Der Ruf verteilte sich durch Flure und Zimmer. Jan trat nach mir, und ich kniff ihn halbherzig.

Blödmann, sagte ich, mehr aus Prinzip. Eigentlich war mir nicht nach Streit zumute.

Unsere Großmama kam aus der Küche, mit erhitztem Gesicht und Spülhänden. Sie musterte uns kopfschüttelnd.

Antarktis im Hochsommer, sagte sie. Also ehrlich, fällt euch nichts Besseres ein!

Sie stellte einen Teller mit Heidesand neben uns auf den Couchtisch und wischte sich die Hand an der fadenscheinigen Küchenschürze ab, bevor sie mit zwei Fingern vorsichtig den Tonarm abhob, die Platte umdrehte und die Nadel wieder aufsetzte.

Aber zum letzten Mal. Danach geht ihr raus an die frische Luft!

Wir nickten gehorsam und waren ganz leise. Warteten gespannt auf die Schiffsglocke. Die Jubelschreie. An der Wohnzimmerwand führten die Schatten der Birke vor dem Fenster ein lichtes Dasein. Dann waren da wieder die Hunde. Und wieder der Wind.

Wir stiegen auf den wespensummenden Dachboden. Undefinierte Formen und Umrisse hoben sich schwach aus dem Dunkel. Durch die Lücken zwischen den Schindeln zeigten dünne Sonnenstrahlen auf in Kisten eingelagerte Vergangenheit und niemals aufgeräumte Geschichte.

Mach mal Licht, sagte Jan dicht hinter mir.

Ich tastete nach dem Schalter, und die schwarzen Konturen wurden zu Gegenständen. Um uns herum standen die Überreste aus Großmamas und Großpapas Leben und aus dem von Großpapas Eltern. Hier oben konnte man die Zeit rückwärts durchlaufen. Jede vergilbte Manschette war einmal ein Galaabend gewesen, jeder Koffer eine Reise, jeder Stiefel eine Wanderung, jedes Puppenbett ein Kinderherz, alles war gelebtes Leben, vor meinem. Ich atmete den staubigen Geruch verlorener Bedeutung. Dinge im Dornröschenschlaf, so anziehend und vielversprechend.

Guck mal, rief Jan. Die hier sind gut!

Er zerrte drei alte Holzskistöcke hervor. Bambusstäbe mit rostigen Spitzen und brüchigen Lederschlaufen am Griff. In derselben Ecke fand ich eine Fliegermütze mit Brille und einen Rodel. Das Opernglas aus dem Überseekoffer schien ebenfalls geeignet für unser Vorhaben, aber die Modell-Dampfmaschine, die wir so liebten, war leider zu empfindlich.

Ninis Kopf hob sich durch die Luke. Weißes Haar, wöchentlich gelegt. Hohe, faltenzerfurchte Stirn.

Jan? Hanna! Hatte ich nicht gesagt, ihr sollt an die Luft? Müsst ihr denn immer in den alten Geschichten kramen?

Sie kam nie herauf, blieb lieber auf halber Leiter stehen, die Füße in der Realität.

Was habt ihr denn mit dem ganzen Krempel vor?

Wir wollen den Südpol entdecken, sagte ich. Wie Scott und Amundsen.

Als sie den Kopf schüttelte, stieg leichter Staub ins Gegenlicht.

Und dass ihr ja die Finger vom Schrank lasst!

Wir warteten, bis sie weg war.

Im Schrank, wo Großpapa hing – nur so kannten wir ihn, als leere Reservistenuniform auf einem Bügel –, entdeckte Jan schließlich einen kleinen Taschenkompass zum Aufklappen. Er sah alt aus und benutzt. Die zittrige Nadel wies ins Dunkle.

Den nehme ich, sagte ich und griff danach.

Nein, ich.

Es ist meine Idee gewesen, den Wettlauf zu spielen, also nehme ich ihn.

Aber es ist meine Schallplatte, meuterte Jan. Ohne die wärst du gar nicht auf die Idee gekommen.

Ich bin Amundsen, sagte ich. Also bekomme ich den Kompass.

Ich will aber nicht Scott sein!

Jan warf die Fliegerbrille auf den Bretterboden. So war er: Es gefiel ihm nicht, als Zweiter am Südpol anzukommen und dann als Erster zu sterben.

Sollen wir zusammen gehen?, schlug ich schnell vor, ehe er gänzlich die Lust verlor. Du kannst dieser Wisting sein. Der war total wichtig. Ohne den hätte Amundsen es bestimmt nie geschafft. Und der war später auch noch mit ihm am Nordpol. Als Einziger!

Zufrieden war Jan damit nicht, aber er folgte mir trotzdem auf der sicheren Route über die Auffahrt an der Rotunde und am Gartenteich vorbei, hinter der Trauerweide entlang, durch Bullerbü, wie wir die Remise nannten.

Der Sturm tobte, und Breitner, Herrn Tullius' dummer Ziegenbock, wollte den Schlitten nicht ziehen. Wir kämpften uns durch. Den kleinen Abhang hinunter zum Zaun, wo die Himbeeren wuchsen, hatten wir endlich Rückenwind. Mit letzter Kraft erreichten wir unser Basislager.

Im Zelt roch es nach gestockter Feuchtigkeit und warmem PVC. Ich ließ mich auf die Luftmatratze fallen und packte den Proviant aus.

Mir ist heiß, sagte Jan, und ich widersprach ihm nicht.

Unser Vorrat an Jaffa-Keksen war knapp. Er reichte kaum zehn Minuten. Wir überlebten heroisch, kamen halb verhungert wieder zu Hause an. Doch ohne Gegner, ohne Verlierer, ohne Scott war der Ruhm nur die Hälfte wert.

Dann kamst du dazu.

Gegen Ende des Sommers, kurz nach Sabine Schmitz' legendärem zehnten Geburtstag, mit dir, änderte sich alles. Noch am selben Nachmittag, als du an der Hand deiner Mutter in unseren Garten kamst.

Der Sommer spross. Herr Tullius schnitt das Gras. In geraden Bahnen schob er den Rasenmäher über die Wiese. Die Schneidblätter machten ein mühsam schabendes Geräusch. Als ihr vorbeigingt, blieb er stehen, nahm die Mütze ab und senkte den Kopf, sagte: Frau Pfarrer.

Deine Mutter blickte stur geradeaus.

Wir sahen euch von der Veranda aus entgegen, Jan und ich. Nini kam aus dem Haus, eine Karaffe mit selbst gemachter Zitronenlimonade in der Hand.

Frau Fuchs?, fragte deine Mutter schon von Weitem.

Nein, antwortete Nini. Frau Franzen.

Oh. Das tut mir leid.

Nicht der Rede wert, sagte Nini. Ich kann gut damit leben.

Deine Mutter ließ dich los, um sich über die Stirn zu reiben. Sie lachte angespannt. Wir kicherten.

Du sahst von mir zu Jan und wischtest deine Hand an der Hose ab. Jeans-Shorts waren es, unten ausgefranst – ein Traum.

Meine Tochter ist nicht da, sagte Nini. Aber vielleicht wollen Sie ja mit mir vorliebnehmen?

Deine Mutter räusperte sich. Sie fasste dich an beiden Schultern und schob dich vor.

Friederike möchte um Verzeihung bitten.

Ich heiße Fido, sagtest du und sahst Nini an, als wäre das viel wichtiger.

Du bist Jan, nehme ich an?, fragte deine Mutter.

Kopfnicken.

Wofür willst du dich denn entschuldigen?, fragte Nini.

Will ich ja gar nicht, sagtest du.

Die Finger deiner Mutter um deine Schultern gekrallt. Sie drückte zu.

Friederike hat Jan ... beschämt. Auf dem Kindergeburtstag. Bei Schmitzens. Gestern.

So? Ninis Blick, klar und streng. Das hat er gar nicht erzählt.

Ist egal, sagte Jan, seine Ohren wurden rot.

Nein, das ist es nicht, rief deine Mutter, und die Aufregung trieb ihr Organ in die Höhe. Das ist es ganz und gar nicht. Friederike!

Tschuldigung, sagtest du.

Es fiel dir nicht ein, den Kopf zu senken und betrübt zu sein. Deine Mutter rüttelte mahnend deine Schulter.

Es tut mir leid, Jan, fügtest du hinzu.

Und jede Faser deines Körpers verriet, dass du der Ansicht warst, genau das Richtige getan zu haben. Dass du nichts bereutest.

Sabine Schmitz hatte zum Kostümfest eingeladen.

Wir waren sparsam verkleidet, ich mit einer Pippi-Langstrumpf-Perücke und bunten Kniestrümpfen, Jan mit Melone und Chaplin-Schnurrbart, zu mehr reichte unser Elan nicht. Jan und ich verabscheuten Sabine Schmitz samt ihrem gehorsamen Gefolge. Sie war laut, älter als wir und hatte als Erste einen Ansatz von Busen. Mit dieser körperlichen Überlegenheit beherrschte sie die Mädchen, die Jungen mit einem dreisten Mundwerk und die Erwachsenen mit der Drohung *Das sage ich meinem Vater, der ist Stadtrat.* Befreundet waren wir weder mit ihr noch mit ihrer Korona. Wir gingen hin, weil man eine Einladung nicht ausschlug, in diesem Punkt waren Nini und Mama unnachgiebig.

Als wir vor der Haustür standen und darauf warteten, von Sabine mit einem enttäuschten *Ach so, ihr seid's* begrüßt zu werden, hofften wir auf ein Wunder. Dass niemand die Klingel hörte, wir wieder nach Hause gehen könnten. Doch wir hatten kein Glück. Frau Schmitz öffnete.

Herein! Herein! Ach, seht ihr niedlich aus, ach, ist das schön!, gackerte sie und flatterte wie ein aufgescheuchtes Huhn vor uns her ins Wohnzimmer, wo bereits Cowboys, Indianer, Zigeunerinnen, Prinzessinnen und Zauberer schreiend um einen Stuhlkreis herumrannten, während aus dem Kassettenrekorder Roland Kaiser von dem gewagten Schritt vom Mädchen bis zur Frau schnulzte. In einer Ecke stand ein gelangweiltes Skelett mit verschränkten Armen. Wir stellten uns in die andere und starrten es an.

Wer ist das?, fragte ich.

Keine Ahnung, sagte Jan.

Sabine baute sich vor uns auf.

Ist das für mich? Sie zeigte auf das Päckchen in Jans Hand.

Er reichte ihr das Geschenk, das Mama besorgt hatte.

Herzlichen Glückwunsch, sagte ich.

Sie riss das Papier auf.

Stifte?, fragte sie.

Duftstifte, korrigierte ich. Blickte neidvoll auf die bunte Plastikpackung. Solche Sachen kaufte Mama immer nur für andere Kinder.

Hab ich schon.

Pech, sagte Jan, und Sabine schnitt ihm eine Grimasse.

Als sie sich endlich verzog, war das Knochengerüst auch nicht mehr zu sehen.

Frau Schmitz wollte, dass wir Spaß hatten. Das rief sie immer wieder, lachte laut und schickte uns dazu als Nächstes in den Garten.

An einem Baum schaukelte ein hellblaues Pappmachéschwein. Es drehte sich im leichten Nieselregen und ließ die Ohren hängen.

Frau Schmitz drückte Jens einen Stock in die Hand. Er sah sie ratlos an.

Na los. Schlag zu!

Er haute dem Schwein zahm auf den Kopf.

Fester! Fester!, rief Frau Schmitz.

Schließlich droschen wir alle auf das Tier ein, wild und brutal, angeheizt von Frau Schmitz' Kreischen, bis sein Bauch aufplatzte und Bonbons herausregneten. Ich hob sie auf, wie alle anderen auch. Neben mir sammelte sich das Gerippe die Taschen voll.

Der Nachmittag zog sich zäh und klebrig wie die Süßigkeiten, die wir in Mengen in uns hineinstopften. Irgendwann wurde mir schlecht, doch ich konnte nicht aufhören; zur Strafe für Sabine würde ich alles aufessen, redete ich mir ein. Ich schloss mich im Badezimmer ein, setzte mich auf den rosafarbenen Plüschklodeckel und dachte an ein Käsebrot. Spielte mit den Augen Hüpfekästchen auf dem schwarz-weiß gemusterten Fliesenboden. Zog ab. Drehte den Wasserhahn auf und wieder zu. Guckte in den Allibert, kramte durch die unbekannten Schachteln und Fläschchen, ohne zu wissen, warum, ohne etwas zu suchen, ohne etwas zu finden. Enttäuscht schloss ich die Tür wieder auf und erschrak.

Vor mir stand ein Vampir, den Arm in den Türrahmen gestemmt.

Na, Fräulein, sagte er mit der Stimme des Stadtrats. Seine spitzen Zähne leuchteten mich an. Musste die kleine Pippi mal Pipi?

Ich nickte stumm. Schrumpfte unter seinen blutdurstigen Augen so weit, dass ich mich unter seinem Arm hindurchducken konnte. Ich lief davon. Sein Gelächter trieb mich den Gang hinunter, zurück zur Party, immer der Lautstärke nach, die die fehlende Stimmung ausgleichen sollte.

An der Glastür, die den Flur vom Wohnzimmer trennte, blieb ich stehen, sah mich noch einmal um. Er war weg. Ein Blick durch die Scheibe, und ich konnte gerade noch sehen, wie das Skelett Jan bei der Hand nahm, ihn quer durchs Zimmer hinter den aufgeklappten Flügel führte. Er folgte anstandslos.

Da standen sie dann. Chaplin und das Knochengerüst.

Ich sah, wie Jan den Kopf in den Nacken legte, die Augen schloss und den Mund weit öffnete, die Zunge herausgestreckt. Bereit zu empfangen.

Das Skelett nahm seinen Schädel ab. Unter der Maske kam dein Gesicht zum Vorschein.

Ich kannte dich vom Sehen. Du gingst in die Parallelklasse, hocktest in der Pause oft auf der Mauer unter dem Kastanienbaum und trugst deine Bücher immer lose unter dem Arm.

Jan blinzelte nicht einmal. Er stand ganz still. Erwartete geduldig, was du ihm zu geben hattest.

Du hieltest seine Hand in deiner, und auf seltsame Art meine ebenfalls, erhobst dich langsam auf die Zehenspitzen, machtest dich groß, und in meinem Bauch kribbelte es, als du ihm, meinem kleinen, einzigen Bruder, uns, feierlich einen Tropfen durchsichtig-blasiger Spucke auf die Zunge fallen ließt.

Ein gellender Schrei.

Sabine walzte in ihrem pinkfarbenen Ballerina-Tutu an euch vorbei.

Mama! Maaaama! Friederike hat Jan in den Mund gespuckt!

Ihhhhhh!, kreischten ein paar Kinder.

Jan schlug die Augen auf, schloss langsam den Mund. Er sah erst dich an, dann mich. Als hätte er gewusst, dass ich dort stand. Langsam wandtest du dich ebenfalls mir zu. Im Lärm von Stopp-Essen und Blindekuh balancierten wir einen Blick lang zu dritt auf dem schmalen Grat zwischen Verschwörung und Verrat. Als Frau Schmitz einen Moment später ins Zimmer eilte, waren wir uns längst einig, auf welcher Seite wir standen.

Herr Tullius mähte durch die Stille.

Nun, sagte deine Mutter. Das war ja wohl das Mindeste.

Nini, dürfen wir reingehen und mit Fido die Platte hören?, fragte Jan und war bereits auf dem Weg ins Haus.

Wenn es denn sein muss, sagte Nini und entschied: Sie bleiben doch auf einen Kaffee, Frau Pfarrer.

Zum ersten Mal nur Jan und du und ich.

Der Wind, die Hunde, der Wettlauf zum Pol. Zu dritt

war es auf dem Sofa enger, aber auch ein bisschen wärmer.

Also, ich bin jedenfalls Amundsen, sagte ich, als wir dir später unser Quartier und die Ausrüstung zeigten. Ich weiß nicht, woher ich diese Selbstsicherheit nahm. Aber er, ich deutete auf Jan, er will einfach nicht Scott sein.

Jan schubste mich.

Dann bin ich eben Scott, sagtest du. Sonst ist es ja nicht wie in echt.

Genau, sagte ich. Sah Jan triumphierend an.

Dass es so leicht sein konnte. Keine Klage, kein Feilschen. Einfach so, ohne Zögern, übernahmst du die nicht besetzte Rolle des Unterlegenen. Deine Gelassenheit verunsicherte mich. Aber sie war nicht gespielt, es machte dir wirklich nichts aus. Mehr noch: Im Licht deiner Gleichmut erschienen plötzlich die unpopulärsten Dinge interessant. Das Sterben gewann an Attraktivität.

Ich gehe mit Fido, erklärte Jan sofort. Ich will Wilson sein.

Der stirbt aber auch, sagte ich. Sogar noch vor Scott. Du weißt, wie es war: erst Bowers, dann Wilson, dann Scott.

Na und? Dafür sind wir dann *echte* Helden, sagte Jan.

Du sahst mich an und zucktest mit den Schultern. Mein Widerspruch verlief in dieser Geste, löste sich auf in deinen Augen, die von Konkurrenz nichts wussten.

Und so stakste ich mit den Skistöcken voran zum Südpol. Winkte siegesgewiss. Ruhm und Ehre für Roald Amundsen, Polfahrer, Entdecker, Eroberer!

Nini und Herr Tullius wurden zur feierlichen Ordensverleihung herbeigerufen. Deine Mutter war längst nach Hause gegangen.

Ich stieg auf die alte Apfelkiste wie auf ein Siegertreppchen und beugte mich zu dir hinunter. Mein Herz tanzte im Hals, als du mir eine Bronzemedaille vom Volkswandertag ans T-Shirt heftetest und eine kurze Rede auf meine Verdienste hieltest. Du wusstest, wie so etwas geht.

Liebe Gemeinde, dieser Amundsen hat es geschafft, sagtest du. Er hat den Südpol als Erster erreicht. Mit Gottes Hilfe. Herzlichen Glückwunsch. Amen.

Das Publikum applaudierte angemessen und zerstreute sich.

Jetzt wart ihr an der Reihe.

Jan und du krocht ins Zelt, und ich blieb allein im Garten zurück. Eine Amsel pfiff den Abendregen herbei, und die Schwalben jagten im Tiefflug über den Himmel. Ich hörte euch rascheln und knistern. Du stöhntest schmerzvoll. Plötzlich befremdet und einsam in meinem Erfolg, trat ich von einem Bein aufs andere, während ihr hinter der Stoffwand voll Inbrunst das Zeitliche segnetet. Ich war kurz davor zu weinen. Oder wegzulaufen. Aber ich wollte um jeden Preis tapfer sein. Dann ging der Reißverschluss auf. Du strecktest den Kopf hinaus.

Komm rein, sagtest du. Sie waren doch zu dritt!

Hastig kletterte ich über eure Beine, legte mich an deine Seite, und Arm in Arm starben wir gemeinsam.

Für immer vereint, sagtest du.

Ich hoffte, du meintest uns.

Mein Herz klopft so aufgebracht, als hätte ich einen Albtraum gehabt. Aber ich habe nicht geschlafen, im Gegenteil.

Unter meiner Fleecemütze staut sich die Wärme. Ich ziehe sie herunter, kämme mit den Fingern durch die Haare, als ließen sich so die Gedanken umlenken, massiere, drücke, kratze, reibe über die Kopfhaut. Die plötzliche Kälte lässt die Haarwurzeln brennen.

Dich habe ich wirklich nicht erwartet. Nicht hier, nicht zu diesem Zeitpunkt. Nicht *so*.

Auch wenn ich es mir selbst nie eingestanden hätte, habe ich wohl irgendwie immer damit gerechnet, dass wir uns eines Tages zufällig begegnen würden.

An einer Bahnschranke in Mecklenburg-Vorpommern. Du auf der einen Seite, ich auf der anderen, zwischen uns die rostigen Gleise von Gestern nach Morgen. Wir erkennen uns über die geringe Entfernung, sofort, ein Güterzug donnert vorbei, was kurz unseren Blick stört und den Gedanken weckt, dass wir uns getäuscht haben, obwohl wir genau wissen, dass es nicht so ist. Oder auf einem einsamen sizilianischen Hügel. Deine Silhouette vor meiner Postkartenaussicht. Vielleicht aber auch auf der Flughafentoilette in Oslo oder Buenos Aires. Die Verzögerung der Lichtschranke am Wasserhahn, die einen irritierten Seitenblick lang dauert. Deine Hände, der vortretende Knöchel am rechten Handgelenk. Unverkennbar. Unsere Augen treffen sich im Spiegel.

Oder, oder, oder.

Es gibt so viele Variationen dieses einen Augenblicks, wie es Gelegenheit zum Blinzeln gibt, aber jede endet mit der Frage, wie es wohl wäre, dir gegenüberzustehen. Ob ich die Kraft aufbringen würde, mich umzudrehen und still fortzugehen, oder ob ich dich noch wollte.

Doch es ist weder die Bahnschranke noch die Sommerinsel, auch nicht die Flughafentoilette. Nein, ausgerechnet hier, am einzigen Platz, an den meine Fantasie dich nie gelassen hat. Hier, wo ein Menschenleben vollkommen unbedeutend ist, zu unbedeutend, um beim Wiegen der Welt irgendwie ins Gewicht zu fallen, hier passiert es.

Nach zwanzig Jahren.

Ein Wort, und du bist wieder in meinem Kopf. Als wäre keine Woche vergangen, seit du uns den Rücken kehrtest und nach zehn Jahren so leicht aus unserer Freundschaft, aus unserem Leben gingst, als wären wir bloß flüchtige Bekannte gewesen.

Und jetzt?

Aufgebracht schlage ich mit den Fäusten auf mein Bett, aber der Schlafsack raschelt nur harmlos.

Es war ein langer Weg hierher, und ich bin ihn ohne dich gegangen. Ich war allein, als ich zum ersten Mal das Eis atmen hörte. Als ich im Osloer Fram-Museum Amundsens Schiffsglocke läutete. Und auch am Hut Point, an Scotts Gedenkkreuz. *Da* hätte ich dich gerne bei mir gehabt; und Jan.

Aber jetzt nicht. Und überhaupt nie mehr.

Hier ist kein Platz für dich! Egal, was in dieser E-Mail steht. Jetzt geht es um wichtigere Dinge: um meine Expedition, meine Leute. Meinen Eiskern. Das Ergebnis meiner Forschung. Das Weltklima, verdammt.

Jetzt nicht!

Ich sage es laut, damit es gilt. Ziehe die Mütze wieder auf, fest über die Ohren.

Morgen wird es ernst. Morgen werden wir bohren. Morgen muss ich wach und ausgeruht sein.

Ich knuffe mein Kissen zurecht, als könnte es etwas dafür, setze meine Schlafbrille auf und lasse mich in die Dunkelheit sinken.

Sie trägt noch lange dein Gesicht.

Am Morgen sitze ich in einem Haufen loser Knochen, die irgendjemand über mir ausgeschüttet hat. Die Arme und Beine, die ich finde, scheinen nicht zu mir zu passen, jedenfalls kann ich sie kaum bewegen. Das bin doch nicht ich.

Mühsam schäle ich mich aus dem Schlafsack. Die eisige Luft weckt meinen Geist und lässt die Haut kribbeln. Dann fällt mir wieder ein, was wirklich wichtig ist: Es ist so weit. Heute bohren wir!

Ich steige aus dem Zelt, und nach ein paar Schritten in den Tag haben sich auch meine Knochen wieder sortiert. Gewohnheitsmäßig schweift mein Blick über den Himmel wie über die Titelseite der Morgenzeitung am Kiosk auf dem Weg zum Institut. Der Wind schläft friedlich hinter den Bergen und die Sonne hinter ein paar versprengten Schleierwolken. Kein Halo, obwohl das Wetter sich für eine Sonnenspiegelung anbieten würde, und auch sonst keine Attraktionen. Im Großen und Ganzen dasselbe Bild wie gestern.

Trotzdem. Irgendetwas ist anders.

Es dauert einen Moment, bis ich begreife.

Der Horizont ist über Nacht näher gerückt. Zum Darüberstolpern und Abstürzen nah. Das Dronning Mauds Fjell, das man sonst nur mit dem Fernglas ausmachen kann, hebt sich klar hervor, die Bergkette gezackt wie die Linie eines schlechten EKGs. Auch Benji, wie wir den kleinen Nunatak in unserer Nachbarschaft genannt haben, ist eindeutig gewachsen. Alles wirkt so stimmig, fehlerfrei, aber es ist ein Trugbild, das weiß ich. Dimensionen sind hier nur verspielte Variable.

Ich schaue in die Ferne, kneife ein Auge zu. Zwischen Daumen und Zeigefinger messe ich den höchsten Gipfel.

So groß bist du, sage ich leise, nur so groß.

Ich bin die Erste im Quartier.

Starte den Gasofen und den Rechner und setze Kaffee auf. Heute Morgen gibt es die Schnellversion: ein kleiner Schneeberg mit braunem Instantpulver und Zucker überpudert. Ich sehe zu, wie die Kristalle im Topf widerstandslos ihre Struktur aufgeben, Wasserstoffbrücken zusammenbrechen, Moleküle sich im Chaos verlieren, und fühle mich zunehmend stabiler. Mit Aggregatzuständen kenne ich mich aus.

Gierig nehme ich den ersten Schluck von der braunen Brühe. Zu gierig. Noch bevor das Gehirn den Schmerz signalisiert, ist die Blase unter der dünnen Haut am Gaumen da. Unglaublich, dass mir das immer wieder passiert. Als wüsste ich es nicht besser. Ich stelle den Becher zur Seite und setze mich an den Computer.

Solange die anderen noch schlafen, kann ich die liegen gebliebene Schreibarbeit erledigen, dem Chef antworten, ehe Fränzi mich noch einmal darauf hinweist, und den Tagesbericht von gestern verfassen, bevor ich vergesse, was wir gemacht haben.

Ich tippe ein paar Stichworte, notiere die Schachttiefe und die Abmessungen, die Arbeitsstunden – viel mehr gibt es noch nicht zu berichten. Dann öffne ich das Mailprogramm. Scrolle durch den Posteingang zurück bis vorvorgestern und dann wieder nach vorn.

Nichts.

Da ist keine Mail an mich.

Umso besser.

Ich lehne mich zurück, klappe den Laptop wieder zu, die Hand schwer auf dem kalten schwarzen Computer; fest den Deckel draufhalten.

Erst jetzt bemerke ich, wie es hier aussieht: die schmutzigen Teller von gestern, ein paar Schraubenzieher, überall Kabel, da ein angekrümelter Keks, dort ein Buch, unter dem Zeltdach baumeln muffige Innenschuhe, bestimmt Oles. Zusammengenommen reicht das schon, um auf acht Quadratmetern das Gefühl von Chaos entstehen zu lassen.

In meinem linken Augenlid breitet sich ein Zucken aus. Ich blinzle, bis es aufhört. Natürlich kann ich das ertragen. Diese paar Wochen kann ich die Unordnung der anderen aushalten.

Ich wische die Krümel vom Tisch und stecke mir den alten Keks in den Mund.

Und jetzt?

Mit beiden Händen reibe ich mir das Gesicht, die Augen. Aber gesehen ist gesehen, das geht auch vom Reiben nicht weg.

Natürlich ist mir die Ordnerleiste links im Programmfenster nicht entgangen, auch wenn ich sehr entschieden daran vorbeigeschaut habe. ›Hanna‹ steht da an einem Folder. Und darunter, an weiteren Ordnersymbolen, die Namen der anderen. Wir haben nur eine gemeinsame Notfalladresse, unter der wir E-Mails im RTF empfangen können – falls wir das Glück haben, einen Satelliten zu erwischen –, aber Fränzi hat offenbar für jeden ein eigenes Fach angelegt. Sie liebt die Struktur.

Ich klappe den Rechner wieder auf. Klicke auf meinen Namen und betrachte die Liste, die sich öffnet. Sie ist nicht lang. Die erste Mail ist vom Chef, darunter die von unserer Sekretärin Frau Klose. Jans Nachricht ist die dritte. Natürlich hat Fränzi sie nicht gelöscht.

Ein blauer Punkt davor. Ungelesen. Betreff: Scott. Genau wie sie gesagt hat.

Widerwillig klicke ich die Mail auf.

Der Text ist kurz, nur eine Zeile. Jan war noch nie besonders schreibfreudig.

Lieber Amundsen, Scott ist tot. Melde dich, Wilson.

Lese. Lese noch einmal.

Nehme noch einen Schluck Kaffee. Er ist lau inzwischen und bittersüß, wie Kindermedizin.

Sa-nos-tol.

Der alte Werbedreiklang schrillt, und deine Mutter hält dein Kinn fest und drückt mit der anderen Hand den übervollen Löffel in deinen Mund, durch deine zusammengepressten Lippen, gegen die beiden großen, neuen Schneidezähne. Der Saft läuft dir zäh übers Kinn und tropft auf dein T-Shirt. Es ist das gelbe mit Calimero drauf.

Ich starre auf den Bildschirm. Der Satz bleibt unverändert.

Das ist doch alles Unsinn. Ein makabrer Witz.

Mit einem Klick befördere ich die Mail in den Papierkorb. Der Computer zerknüllt sie mit einem lächerlich animierten Ton, und ich schlage den Rechner zu.

Mit der Zunge fahre ich über die Blase an meinem Gaumen, hin und her, so lange, bis sie platzt.

2

Ich gehe nach draußen.

Gehe, ohne mich umzusehen.

Gehe, bis die dünne Luft in meinen Lungen brennt und mich zum Stehenbleiben zwingt. Ich habe Seitenstechen, und unter meiner Nase gefriert der Schleim. Schnaufend stütze ich die Hände in die Hüften, spucke aus. Eine Wolke umgibt mich, als würde mein Körper langsam verdampfen.

Keine Ahnung, wie weit ich gelaufen bin. Keine Ahnung, wie lange und wohin; bin einfach nur meinem Schatten gefolgt, der mit großen Schritten vor mir davonlief.

Ich hebe den Kopf und drehe mich langsam um mich selbst. Ein Kreisel auf einem leeren Blatt Papier. Meine Augen tränen angesichts des Nichts, das mich umgibt, und der Blick verschwimmt.

Benommen sinke ich auf die Knie, lege die Hände in den Schnee, der weder weich ist noch sanft. In meinen Bronchien rasselt der Atem, es klopft und wummert im ganzen Leib. Ich kann nicht anders, als zu hören, wie das Blut durch meine Adern pumpt. Höre mein Leben. Und dahinter, davor, darüber eine mächtige, gewaltige Stille.

Ich atme ein. Ich atme aus.

Ich bin.

Allein.

So ist es hier: Alles ist nichts und wenig viel. Und Einsamkeit das tröstlichste Gefühl.

In der Kurve nach der Autobahnabfahrt schaltete Jan zurück in den zweiten Gang und beschleunigte noch einmal. Auf dem Armaturenbrett rutschten Tabakbeutel, Kassettenhüllen und Kaugummis von West nach Ost, der Fahrtwind rauschte in den offenen Fenstern, und Iggy Pop sang dazu.

Vier Gitarrenakkorde, Offbeat. Get into the car, we'll be the passenger, we'll ride through the city tonight. We'll see the city's ripped backside, we'll see the bright and hollow sky.

Unsere Köpfe wippten im Takt. Das war die Freiheit, wie wir sie uns vorstellten.

Ich fühlte mich la la la la lalalala so gut. Von mir aus hätten wir weiterfahren können, immer weiter, an allem vorbei, in den Abend hinein und die Nacht, direkt nach Hamburg, ohne den Umweg über zu Hause, gleich weiter und hinein in unser neues Leben als Studenten, weiter in diesem Feriengefühl unendlicher Möglichkeit, das uns die vergangenen vier Wochen getragen hatte.

Wie ein alter Fernfahrer lehnte sich Jan über das Lenkrad, setzte den Blinker und steuerte unsere Molly in die Kirchstraße. Wir passierten das Ortsschild und fuhren holpernd ein in die Straßen unserer Kindheit. Wie klein sie doch waren und wie eng und immer noch dieselben. Hier hatte sich im letzten Monat wirklich gar nichts verändert. Im Gegensatz zu uns. Wir wussten endlich Bescheid. Hatten das Leben ausprobiert und für gut befunden. Hatten alle Grenzen überwunden und das große Ganze gesehen.

Der Motor des VW-Busses ratterte in seiner unverwechselbaren Tonlage. Eine Fehlzündung krachte aus dem Auspuff, und wir lachten über die alten Frauen vor der Metzgerei, die erschrocken zusammenfuhren.

Du zeigtest dem Schild, das den Weg zu unserer ehemaligen Schule wies, den Mittelfinger, überhaupt der ganzen Provinz, diesen kleinen Drombusch-Leben hinter den Vorgärten.

We'll see the stars that shine so bright. The stars are made for us tonight.

Unsere bloßen Knie lagen dicht aneinander, dein rechtes und mein linkes, sie schaukelten im Rhythmus der Schlaglöcher hin und her wie ein altes Ehepaar in der Straßenbahn. Du legtest den Kopf in den Nacken, die Augen geschlossen, und Jan grinste still durch seinen ersten richtigen Bart. Egal, wo unsere Gedanken uns gerade hintrugen, waren wir doch beisammen.

La la la la lalalala lala.

Ich blies den Rauch aus dem Fenster, schmeckte auf den Lippen einen Tabakkrümel und die salzige Erinnerung an das letzte Bad im Atlantik.

Ein Möwenschrei hatte mich geweckt. Neben mir auf der Liegefläche schlief Jan, den Hintern an die eine Buswand gedrückt, ein Kissen über dem Kopf. Der Platz zwischen uns war leer. Dein Schlafsack am Fußende zusammengeschoben wie ein verlassenes Puppengespinst.

Ich setzte mich auf, zog die kleine Gardine zur Seite und wischte mit der Hand die beschlagene Scheibe frei. Da war die Möwe, die auf der Suche nach Frühstück über den Campingplatz spazierte, und der Morgen räkelte sich blass in den Dünen.

Von dir keine Spur.

Die Schiebetür quietschte, als ich sie aufschob, aber Jan rührte sich nicht, schlief so tief wie immer, wie nur Menschen schlafen können, die der Welt nichts Böses unterstellen, schnorchelte leise vor sich hin. Ich griff mir einen Pulli und sprang nach draußen. Der Sand war noch kühl, die Luft frisch und sauber.

Scotti?, rief ich leise. Fido!

Ich ging um den Bus herum. Unsere Hängematte schaukelte verlassen im Wind. Darunter lagen zwei leere Weinflaschen und das ungespülte Kochgeschirr von gestern, in dem die Ameisen sich über die Reste des Bohneneintopfs hermachten, den wir mit so viel Leidenschaft gekocht hatten.

Ich hob den Topf auf und stellte ihn auf den Campingtisch, dann ging ich dich suchen.

Du warst am Strand. Lagst bäuchlings auf den eingesandeten Holzplanken eines Strandzuwegs und fotografiertest. Immer wieder hobst du den Kopf, sahst über die Kamera hinweg, dann erneut durch den Sucher. Du drehtest am Objektiv, schautest, drehtest. Völlig vertieft. Ich konnte nicht erkennen, was es zu knipsen gab. Wonach du in dem kleinen Fenster Ausschau hieltst. Da war nichts außer Sand und Meer.

He, rief ich und ging auf dich zu. Was hat dich denn aus dem Bett getrieben?

Du sahst auf, zucktest die Schultern.

Ich konnte nicht mehr schlafen. Jan hat so laut geschnarcht. Oder du.

Selber Schnarcher!

Ich rannte los, und meine Füße versanken schwer im Sand. Du hobst die Kamera, richtetest sie auf mich. Klack, ratsch, klack, ratsch, klack.

Hanna Fuchs beim Zieleinlauf, riefst du und sprangst herum wie ein Paparazzo. Seht euch diese Eleganz an! Diese Leichtfüßigkeit …

Na, warte!

Den Fotoapparat hoch über den Kopf gereckt, versuchtest du meinen Angriff abzuwehren, taumeltest rückwärts. Ich lachte triumphierend, als du auf den Hintern fielst und ich, über dir, auf die Knie. Der Sand spritzte.

Mensch, pass doch auf, fuhrst du mich an.

Dein barscher Ton kam wie ein kalter Wolkenschatten.

Ist doch gar nichts passiert, sagte ich verwundert, rappelte mich auf.

Ein Glück.

Du bliest vorsichtig über das Kameragehäuse. Klicktest den Deckel auf das Objektiv und verstautest die Voigtländer in ihrem braunen Lederfutteral.

Ich wollte etwas erwidern, aber mir fiel nichts ein, und dann warst du auch schon wieder auf den Füßen. Sagtest fidel *Komm, wir gehen ins Wasser.* Als wäre nichts gewesen.

Wir warfen unsere Kleider auf einen Haufen, den Fotoapparat als Krönung obenauf, und rannten nackt in die Brandung.

Mit ein paar kräftigen Zügen überwand ich die Kälte und die Dünung und schwamm hinaus ins ruhigere Wasser. Ich drehte mich auf den Rücken. Das Meer gluckerte geschwätzig in meinen Ohren.

Du tauchtest neben mir auf.

Schade, dass es vorbei ist, prustetest du.

Ich schlug mit den Füßen eine Fontäne in deine Richtung, dass das Salzwasser schäumte.

Nein, das ist erst der Anfang, rief ich. Bald sind wir schon in Hamburg.

Hinter uns baute sich ein gewaltiger Wellenberg auf.

Das wird ein Brecher. Den nehmen wir, riefst du.

Wir paddelten los, nahmen Tempo auf, um den Sog zu überwinden, den jede Woge vor sich hertreibt. Schwangen uns auf die Welle und ritten auf ihr bis an den Strand.

Hecken und Zäune. Gullys und Bäume.

Jedes Auto kannte ich hier und jede Garageneinfahrt, jedes Mauseloch und jeden, der sich am liebsten für immer darin verkriechen wollte. Ich schaute hinaus und fand es umwerfend bedeutungslos. Die Kulisse eines Theaterstücks, das nicht mehr auf dem Spielplan stand.

Vor dem Pfarrhaus kamen wir zum Stehen.

Die Blumenkästen an den Fenstern quollen über, wie immer. Darauf achtete dein Vater, dass es üppig wirkte und gefällig. Ich spürte, wie sich die Haare auf meinen Armen aufstellten. Die verlogene Freundlichkeit der Geranien. Falsche Wimpern, die nicht darüber hinwegtäuschen konnten, wie abweisend die Augen darunter waren.

Schweigend sahen wir aus dem Fenster.

Wisst ihr noch, die Knackwürstchen, sagte ich.

Wie kommst du denn jetzt darauf?, fragte Jan.

Es war das erste Mal, dass wir bei Fido im Pfarrhaus waren.

Das ist doch ewig her.

Zehn Jahre, sagte ich, staunte über diese unvorstellbar

lange Zeit. Mehr als die Hälfte unseres bisherigen Lebens war das und doch nur ein Augenzwinkern.

Ich dachte damals, ich sehe euch nie mehr wieder, sagtest du, ohne die Augen zu öffnen.

Wieso das denn?, fragte Jan. So ein Quatsch.

Doch, ehrlich.

Du setztest dich auf und schnipptest die Kippe in deine leere Bierdose. Sie ertrank mit einem Zischen.

Mir ging auf, dass wir nie darüber gesprochen hatten. Anfangs, weil es so schlimm, später, weil es egal war.

Wir waren nach Schulschluss mit dir mitgegangen, so wie du sonst so oft mit uns mitgingst. Waren an den Schrebergärten entlanggeschlendert, am endlosen Maschendrahtzaun, den wir mit dicken Ästen zum Singen brachten.

Wir hatten alle Zeit der Welt.

Am schmiedeeisernen Tor zum Pfarrgarten waren wir stehen geblieben. Ein gerader Weg aus Waschbetonplatten führte zu eurem Haus.

Kommt, wir holen uns ein paar Würstchen, sagtest du, den Knauf schon in der Hand.

Ich dachte, wir gehen runter zum Bach, sagte Jan.

Klar. Aber habt ihr keinen Hunger?, fragtest du.

Jan zupfte stinkende Blätter von einem Strauch, der sich über den Zaun lehnte.

Und wie, sagte ich. Warf ihm einen strengen Blick zu. Natürlich gehen wir mit.

Es ist eh keiner zu Hause, setztest du nach.

Ich wollte schon viel zu lange wissen, wie es im Pfarrhaus war, wie dein Kinderzimmer aussah, deine Spielsachen, und ob es einen Buntfernseher gab, dort, wo Gott wohnte, wenn er nicht in der Kirche war, doch mit der gleichen Selbstverständlichkeit, mit der du regelmäßig bei uns am Esstisch saßt, hattest du uns noch nie zu dir eingeladen.

Ein paar Mal hatten wir unaufgefordert auf der Schwelle gestanden, den Finger bereits auf der Klingel, als wäre es eine Mutprobe. Aber du warst uns jedes Mal zuvorgekommen. Warst immer schon mit der Jacke unter dem Arm und einem Butterbrot zwischen den Zähnen aus der Tür gestürmt, noch ehe wir läuten konnten.

Ich weiß nicht, was dich dazu bewog, an diesem Tag die Regel zu brechen. Deine Regel, oder die deiner Eltern. Du wirktest weder unsicher noch zögerlich, als du den Schlüssel ins Schloss stecktest. Die Tür schwang auf, und wir betraten das Haus.

Es war falsch, das merkte ich sofort. Wir durften dort nicht sein. Du hattest nicht um Erlaubnis gefragt, und die Garderobe, die Hutablage und der Schirmständer riefen laut: Hier ist man nicht ohne Erlaubnis. Unbehagen griff in meine Gedärme, aber die Neugier war größer als der Anstand.

Stumm folgten wir dir über den langflorigen Teppich, in dem unsere Sandalenfüße seltsam weich versanken. Ich spürte die Fäden an den Zehen und fühlte mich fremd. Bei uns zu Hause waren die Böden aus Holz.

Du blicktest dich nicht nach uns um, gingst unbeirrt und aufrecht den Flur hinunter. Ich fixierte deinen Pferdeschwanz, diesen dicken, dunklen Zopf, der weit oben an deinem Hinterkopf saß, dessen gebogene Spitze bei jedem Schritt deinen Nacken streichelte, wie gebannt schaute ich hin.

Aus den Augenwinkeln nahm ich die beigefarbenen

Wände wahr. Geschlossene Türen aus dunklem Eichenfurnier, die unerwünschte Blicke in die angrenzenden Zimmer fernhielten.

Verriegelt, sagtest du plötzlich, und deine Stimme war laut. Im Vorbeigehen ließt du achtlos eine Klinke nach der anderen schnappen. Ich soll nicht überall Unordnung machen, fügtest du hinzu.

Ich hörte ein Lachen wie in der Geisterbahn. Das warst du. Oder Gott, der hier irgendwo lauerte.

In der Küche waren die Vorhänge zugezogen, der Tag weitestgehend ausgesperrt. Hier wohntest du? Konnte man hier überhaupt wohnen? Ich blieb in der Tür stehen. Jan trat mir in die Hacken.

He, sagte ich.

Was ist denn?, fragte er und drängte sich an mir vorbei.

Du warfst deine Schultasche auf einen Stuhl und gingst zielsicher an den Eisschrank, machtest kein Licht. Allein die kleine Kühlschranklampe hob die Eckbank aus dem Dunkel, ließ das große Tapetenmuster hinter dir sichtbar werden und den bleichen Jesus, der sich an seinem Kreuz unheimlich daraus hervortat.

Ich starrte ihn an, dann in die erleuchteten Fächer, in denen Tupperdosen gestapelt waren, in das eine Fach, an dem FRIEDERIKE stand, in dem eine angebräunte Banane lag, dahinter ein Kirschjoghurt, eine Untertasse mit zwei Butterstücken und ein Schulheft mit grünem Plastikumschlag. Da waren keine Würstchen. Bei FRIEDERIKE war sonst nichts.

Du griffst nach einer Dose im Fach darüber. VATER. Als du den Deckel abnahmst, breitete sich der saftige Geruch von frischen Knackwürstchen aus. Metzgereigeruch. Frau-Striebel-Geruch. Wollen die Kleinen denn auch ein Stückchen Wurst? Nicken und hochgereckte Arme, die doch nie über die Theke reichten.

Er liebt sie, sagtest du, gabst mir eins, Jan eins, und eins klemmtest du dir zwischen die Lippen, wie ein Pirat den Dolch, ein Kavalier die Rose.

Aber …, begann ich.

Warum hast du denn ein Schulheft im Kühlschrank?, wollte Jan wissen.

Er grübelte nie lange, fragte lieber gleich. Im Gegensatz zu mir. Manchmal war ich froh, dass er so anders war.

Damit sich meine Sünden länger frisch halten, antwortetest du. Ich schreibe sie jeden Abend auf.

Ich wusste nicht, was ich sagen sollte.

Mit einem Seufzen schloss sich die Kühlschranktür, und wir standen wieder im Dunkeln. Trotzdem sah ich noch alles ganz genau. Auf meiner Netzhaut leuchtete der Abdruck deines Namenszuges. Die Sitzecke, das Muster, Jesus. Neben mir hörte ich Jan durch den Mund atmen, spürte seine Wärme, seinen nackten Arm nah an meinem. Eine Küchenuhr ließ langsame Sekunden in den Raum ticken, sonst war es still.

Und jetzt?, flüsterte ich.

Jetzt gehen wir, sagtest du.

Ja, sagte ich. Mochte dein Zimmer gar nicht mehr angucken, nicht fragen, ob ihr einen Fernseher hattet. Wir steuerten auf das helle Ende der Diele zu. Die Butzenscheiben in der Haustür zeichneten Kreise auf den Boden. Gelbe Kringel, die freundlicher wirkten als alles andere, was wir hier gesehen hatten.

Ein Schlüsselbund klimperte, und die leuchtenden Flecken verschwanden. Im Gegenlicht erschien eine Gestalt.

Hände hinter den Rücken. Die Wurst in den Fingern weich und feist. Nichts, um sich daran festzuklammern.

Friederike!

Deine Mutter ging an Jan und mir vorüber, ohne uns zu beachten, und blieb vor dir stehen. Du hobst den Blick, sahst sie an, furchtlos, nahezu kriegerisch.

Der Schlag kam aus dem Nichts. Eine Ohrfeige wie ein Peitschenhieb, schnell und schneidend. Erst als ihre Hand dein Gesicht schon wieder verließ, drang der Knall an mein Ohr, und ich begriff, was passiert war.

Du gabst keinen Laut von dir. Dein Würstchen lag auf dem Boden, im braunen Wollhaar des Teppichs ertrunken. Mir wurde duselig. Zwei, drei warmkalte Tropfen in meiner Unterhose und Ninis Credo im Ohr: Geht rechtzeitig pieschern, Kinder, zu lange einhalten macht inkontinent!

Und Jan? Er stand in Flammen. Sein Gesicht, die Ohren glühten. Ich griff nach seiner Hand, drückte sie so fest, dass sich die Knochen unter seiner klammen Haut bewegten. Als seine Finger sich um meine krümmten, fühlte ich mich ein wenig sicherer.

Deine Mutter heftete ihre Augen auf Jan und mich. Ich konnte kaum noch einhalten. Es wäre richtig gewesen, auch nach deiner Hand zu greifen, dich zu uns herüberzuziehen, aber du warst unerreichbar, und ich hatte nicht den Mut, mich zu rühren. Sie stand zwischen uns wie ein riesiger Berg.

Ihr müsst jetzt leider gehen, sagte sie mit einem schmalen Lächeln. Friederike muss ihre Aufgaben machen.

Drehte sich um und verschwand Richtung Küche.

Deine Einsamkeit machte mir weiche Knie. Ich zitterte. Du warfst einen schnellen Blick über die Schulter, deiner Mutter hinterher, dann grinstest du schief, bliest die Backen auf, rolltest mit den Augen. Jan tat dir den Gefallen, zu lachen. Zu laut.

Ich wollte heim. In unser großes, altes Haus mit offenen Türen und hellen Fenstern und festem Boden. Mit einem Kühlschrank, in dem alles für alle da war.

Als die Haustür hinter uns zufiel, rannten wir los. Der Teufel war uns auf den Fersen. Auf meinem Rücken hüpfte der Schulranzen im Takt seiner Schritte. Und die waren schnell, hallten auf dem Asphalt, dicht hinter mir.

Dabei mochte ich Knackwürstchen nicht mal, sagtest du. Ich wollte sie einfach ärgern.

Du schütteltest die Bierdose ein wenig hin und her, bis kein Qualm mehr aus der Öffnung stieg.

Und zack, hattest du eine hängen, sagte Jan.

Semper aliquid haeret ...

Aus deinem Mund klangen die Worte wie ein Zauberspruch. Woher nahmst du immer neue Geheimnisse?

Also, sagtest du. Dusche oder McDoof?

Jan lehnte sich zu dir hinüber, schnüffelte.

Eindeutig Dusche, sagte er.

Der Schlusssatz unserer Ferien.

Ich öffnete die Beifahrertür und stieg aus. Es war noch warm, obwohl die Sonne schon untergegangen war. Ein süßer Geruch lag in der Luft. Die zarten Blüten der Heckenrosen dufteten mit letzter Kraft, ehe sie zu Hagebutten werden würden.

Jan umrundete den Wagen, trat fachmännisch gegen die

Reifen, und ich lehnte in der Schiebetür, sah zu, wie du in aller Ruhe deine Sachen aus dem urlaubigen Durcheinander sammeltest, Socken und T-Shirts in deinen alten Armeerucksack stopftest. Aus den Löchern in deinen Chucks rieselte der helle Sand aus Arcachon. Zuletzt griffst du nach der alten Voigtländer.

Das Wichtigste, sagtest du und hobst die Kamera vors Gesicht. Blicktest mich wie so oft durch das schwarze Auge an. Ich streckte dir die Zunge raus. Du drücktest nicht ab.

Ich glaube, ich habe alles.

Jan stellte sich neben mich, die Hände in den Hosentaschen.

Geht ja eh nichts verloren, sagte ich.

Also dann.

Du schwangst dir den Rucksack auf die Schulter, drücktest einen Daumen unter den Träger, damit er nicht in die nackte Haut einschnitt. Zwischen Zeige- und Mittelfinger derselben Hand hieltest du eine Zigarette, mit der anderen schobst du dir die Sonnenbrille ins Haar. Du warst achtzehn, verwegen und unerschrocken schön.

See you later, terminator, sagte Jan.

After a while, junk pile, antwortetest du.

Ich winkte, aber du winktest nicht zurück, das tatst du nie. Unsere Blicke küssten sich.

Dann drehtest du dich um und gingst.

Hanna!

Hanna. Was für ein dummer Name. Für Johanna zu wenig, für Anna zu viel. Ich muss kichern.

Hanna, was machst du da?

Ja, was mache ich eigentlich? Ich betrachte meine blassen Finger, spüre Hunderte Nadelstiche, irgendwo.

Hanna!

Also wirklich. Ist es denn so schwierig, in dieser gottverlassenen Gegend einmal fünf Minuten für sich zu sein? Plötzlich ist hier offenbar so viel Betrieb wie auf dem Gipfel des Mount Everest. Ich schaue auf, um zu sehen, woher diese aufdringliche Stimme stammt. Mein Kopf wiegt eine Tonne.

Zappa.

Was will der denn hier?

Ich wische mir mit dem Ärmel übers Gesicht, sehe ihm entgegen. Dünn und lang. Alles an ihm ist dünn und lang. Die Arme, die Nase. Die ganze Person.

Ein paar Meter entfernt bleibt er stehen.

Ich nehme nicht an, dass du dich umbringen wolltest, sagt er schließlich.

Ja, sage ich.

Ja, *was*?

Ja, ich wollte mich nicht umbringen.

Er schaut mich nachdenklich an, ich gucke zurück.

Was ist mit dir los, was redest du für verdrehtes Zeug, Mädchen?, fragen seine Adleraugen. Hast du den Verstand verloren?

Ich halte seinem Blick stand, doch allmählich dämmert mir: Ich trage weder Mütze noch Handschuhe, keinen Overall, kein Funkgerät, habe niemandem Bescheid gesagt, habe mich alleine vom Camp entfernt. Aber deshalb muss man ja nicht gleich so ein Theater veranstalten.

Ohne ein weiteres Wort tritt er neben mich, reicht mir die Hand, und ich lasse mich hochziehen. Unter seinem Griff schmerzen meine Finger, als wären sie allesamt gebrochen.

Er holt meine rote Mütze aus der Innentasche seines Overalls, setzt sie mir entschlossen auf den Kopf.

Hast du vergessen, sagt er.

Und als er seine Fäustlinge auszieht und mir hilft, sie über meine kraftlosen Hände zu stülpen, umfängt mich seine aufgesparte Körperwärme so vorbehaltlos freundlich, dass ich am liebsten alles wieder ausziehen würde. Darum habe ich nicht gebeten.

Ich muss nicht gerettet werden.

Umso besser, sagt er. Dann können wir ja anfangen. Der *Eclipse* ist einsatzbereit. Wir sind *alle* einsatzbereit.

Ich habe nur auf euch gewartet, sage ich und setze mich in Bewegung.

Im Schacht herrscht hektische Geschäftigkeit. Nichts ist fertig.

Was ist los?, frage ich, als ich die Treppe hinuntersteige. Ich dachte, ihr seid einsatzbereit.

Mach dich mal locker, sagt Ole. Es ist alles easy.

Mit seinem coolen Surfergebaren ist er bei mir an der falschen Adresse. Ich trete gegen eine herumstehende Zarges-Kiste.

Nichts ist easy. Über solchen Kram fällt man genau in dem Moment, wenn man das beste Kernstück im Arm hat, schimpfe ich. Dass wir uns so was nicht erlauben können, dürfte selbst dir klar sein.

Ole schüttelt den Kopf, zeigt mir einen Vogel. Jetzt fängst du echt an zu spinnen, sagt er.

Von Zappas Posten außerhalb des Schachts hängt ein loses Kabel herunter, baumelt sachte vor mir hin und her.

Und was ist das hier überhaupt?, frage ich. Das muss –

Ein hochfrequentes Schrillen schneidet meiner Wut den Ton ab. Zappa lässt den Bohrer zu uns herunter. Ich halte mir die Ohren zu.

Kann man das nicht abstellen?, brülle ich. Diese leiernde Winde ist unerträglich.

Ole wendet sich von mir ab, nimmt den Edelstahlkolben in Empfang, kurz bevor er den Boden erreicht, und setzt ihn auf die vorgebohrte Öffnung im Eis. Mit beiden Händen hält er ihn fest.

Sollen wir jetzt?, fragt er. Ein beleidigter Ton in seiner Stimme.

Ich zucke gleichgültig die Achseln. Es ist mir egal. Alles ist mir egal. An diesem Moment ist ohnehin nichts so, wie ich es mir vorgestellt hatte. Kein Kribbeln, keine Freude, nicht mal Nervosität. Gar kein Gefühl. Nur –

Probieren wir's, ruft Thomas. Los!

Ohne ein weiteres Zeichen von mir abzuwarten, versenkt Zappa den Bohrer langsam im Abgrund. Bald verrät allein das zitternde Stahlseil, an dem er hängt, seine Bewegung. Dann höre ich, wie der Motor beschleunigt.

Jetzt.

Jetzt schneiden sich die Messer an der Bohrkrone ins Eis. Tiefer und tiefer. Dorthin, wo die Antworten verborgen liegen.

Läuft, ruft Ole, und Thomas klatscht ihn ab.

Ich muss schlucken, gegen all die Gedanken anschlucken, die hochkommen wie saurer Apfelsaft.

Wir warten schweigend. Fünf Minuten. Zehn. Es dauert eine Ewigkeit.

Wie ein stummer Zerberus am Tor zur Vergangenheit harrt Zappa regungslos neben der Schaltkonsole, die nackten Fingerspitzen am Führungskabel, um den Puls des Bohrers zu fühlen, sein Rucken und Zucken.

Ich lauere am Loch. Das Motorengeräusch verändert sich, wird dunkler. Was macht er denn da? Warum regelt er das Tempo runter?

Zappa!, rufe ich nach oben. Warum dauert das so lange?

Keine Antwort.

In mir reißt und zieht es, als drehte sich der Bohrer direkt durch mich hindurch.

Drill up, sagt Zappa plötzlich, und die Winde hievt das Kernrohr mitsamt seiner Beute wieder nach oben.

Na endlich! Ich dachte schon, das wird heute nichts mehr.

Niemand sieht mich an.

Ole und Fränzi schieben das erste Firnstück aus dem Rohr in die Halterung auf dem Vermessungstisch.

The eagle has landed, sagt Thomas.

Und?, ruft Zappa herunter.

Ein flüchtiger Blick auf das Eis genügt mir.

Scheiße, sage ich. Viel zu kurz. Und die Bruchkante ist auch nicht sauber.

Was hast du gesagt?

Zappa lehnt sich über den Schachtrand und schiebt seine Mütze vom Ohr, um besser hören zu können. Thomas' Seitenblick trifft mich im Gesicht wie eine Ohrfeige.

Alles heil und an einem Stück, ruft er nach oben.

Ich drehe mich weg. Jetzt zuckt auch noch das verdammte Augenlid wieder.

Meter eins ist jedenfalls in Sicherheit, stellt Ole fest. Das ist doch schon mal was.

Wenn wir abzüglich des Oberflächenschnees die drei

Meter Schachttiefe und die zwei Meter, die wir gestern vorgebohrt haben, dazurechnen, ist das genau genommen Meter sechs, korrigiert Fränzi.

Aber es ist der erste *richtige* Meter, beharrt Ole.

Im Log ist es Meter sechs. Richtig und falsch sind in diesem Fall unpassende Attribute.

In deinem Fall ist eindeutig Haarspalterin das passende Attribut.

Ich verdrehe die Augen. Hat er immer noch nicht kapiert, dass man mit Fränzi nicht solche Diskussionen führt?

Sie will etwas erwidern, ich sehe es ihr an, aber ich werde mir jetzt keine manischen Grammatikvorträge zum Thema attributive Konstruktion anhören.

Meter eins, Meter sechs, schießt es aus mir heraus. Mein Gott, bin ich mit einem Haufen Kindergartenkinder in die Antarktis gefahren?

Ich deute auf das Kernstück.

Kümmert euch lieber um den Krüppel da.

Oles Mund klappt zu, und Fränzi verschwindet rasch wie ein Einsiedlerkrebs hinter dieser starren Maske, die sie aufsetzt, wenn sie mal wieder die Welt nicht mehr versteht. Aber da muss sie jetzt durch.

Sie greift nach dem Handfeger. Bürstet die Eisspäne vom Kernstück und legt das Maßband an.

82,3 Zentimeter, sagt sie.

82! Es ist nicht mal ein Meter! Es sind läppische 82 Zentimeter. Wie lange wollt ihr hierbleiben? Ein halbes Jahr?

Ich werfe meine Überhandschuhe auf den Vermessungstisch.

Hanna, sagt Thomas. Es klingt auf eine anmaßende Art besorgt.

Was denn? Findest du das toll? Ein Dreiviertelmeter. Das ist echt nichts fürs Guinnessbuch.

82,3 Zentimeter, sagt Fränzi. Dann wendet sie sich ab und setzt, entgegen unserer Abmachung, bei der Arbeit darauf zu verzichten, ihre Kopfhörer auf.

He, sage ich.

Sie reagiert nicht. Murmelt vor sich hin.

He! Ich tippe ihr auf die Schulter. Was soll das jetzt? Ich rede hier mit euch!

Sieben, vierzehn, einundzwanzig, achtundzwanzig, fünfunddreißig. Die Sieben ist eine natürliche Zahl ...

Fränzi, sage ich, nimm die Kopfhörer ab!

Die Sieben ist eine Primzahl. Sie ist ungerade. Ihre zyklische Zahl ist 142 857.

Die Wut brennt mir in den Fingern, in den Augen. Macht hier eigentlich jeder, was er will?

Ich schreie: Jetzt nimm die Scheißdinger ab!

Die Sieben ist die niedrigste Generatorzahl. Sie ist Drei und Vier. Göttlichkeit und Elemente.

Es reicht!

Meine Hand fasst nach ihr, ehe ich es selbst begriffen habe. Will sie schubsen, an den Haaren ziehen, die scheißbunte Mütze vom Kopf. Schluss mit dem Gequassel. Ich greife nach dem weißen Kabel und reiße ihr einen Stöpsel aus dem Ohr.

Ein schriller Schrei, wie angeschossen. Sie lässt das Maßband fallen, hält sich schützend beide Hände über die Ohren und duckt sich unter meiner erhobenen Hand. Vor meinen Augen steigt ein rotes Meer auf, füllt schwappend meinen Blick. Jemand packt brutal meinen Arm und zerrt mich von Fränzi weg, bevor ich sie schlagen kann. Schüttelt mich wie ein ungezogenes Kind. Mein Kopf fällt haltlos hin und her.

Bist du jetzt völlig durchgedreht? Was tust du denn da?, faucht Thomas.

Er lässt nicht locker. Durch die Kleider, durch den Overall spüre ich seine Finger wie eine Schraubzwinge. Er tut mir weh. Das ist Schmerz. Immerhin.

Was ist eigentlich mit dir los, verdammt noch mal? Seit gestern benimmst du dich wie ... wie der letzte Arsch, schnauzt er, und seine Stimme bebt. So habe ich dich noch nie erlebt!

Thomas stiert mich an, ohne Nachsicht, überschwemmt mich mit seiner Fassungslosigkeit. Ich mache mich los, schaue mich um. Wir sind allein. Fränzi und Ole sind weg. Vor ihrer Expeditionsleiterin geflüchtet. Was habe ich angerichtet?

Wieder ist da Thomas' Hand auf meinem Arm. Schwer, weniger hart und dennoch entschlossen. Ich merke, dass er mir in die Augen sehen will. Als wären dort Erklärungen für ungebührliches, unverständliches Verhalten vorrätig! Aber da gibt es nichts zu entdecken, gar nichts. Mein Blick klebt an den dicken Mondstiefeln an meinen Füßen. Klobige Betonklötze, die mich unter Wasser ziehen würden; absaufen würde ich damit, wenn das Eis hier schmölze.

Ich spüre einen grellen Krampf im Gehirn.

Also?, sagt Thomas.

Was will er von mir hören? Eine Begründung? Eine Entschuldigung? Ich schulde ihm nichts.

Mühsam hole ich Luft, kratze an Beherrschung zusammen, was in den Ecken meiner Vernunft zu finden ist. Schmutzige Reste, mit Zynismus durchsetzt, mehr ist da nicht.

Also, sage ich bemüht ruhig. Dann zeig mir mal diesen tollen Dreiviertelmeter.

Wortlos reicht er mir seine Lupenbrille. Ich nehme sie, ohne ihn anzusehen, überhöre alles Ungesagte, was in dieser Geste liegt, und hefte die Augen auf das glatte, runde Firnstück. Bewege mich nicht, bis ich seine Schritte auf den Stufen nach oben vernehme – sie klingen weder stampfend noch demonstrativ, nur matt.

Ich muss die Augen fest zusammenkneifen, damit sie nicht überlaufen.

Scheiße. Scheiße. Scheiße.

Nicht *ein* klarer Gedanke. Nur dieser eine Satz, der mich völlig benommen macht.

Scott ist tot.

Ich wische mir mit dem Ärmel übers Gesicht, atme durch und setze Thomas' Lupenbrille auf.

Der Kern. Darum geht es jetzt und um nichts anderes.

Im ersten Moment macht mich die Vergrößerung schwindelig, alles ist gewölbt und verzerrt. Ich halte einen Augenblick still, fokussiere einen Punkt, dann zeigt sich die Mikrowelt. Ein filigranes Bild aus dicht aneinandergeschmiegten Eiskristallen in deutlichen Schichtungen. Sommer- und Winterlagen in Nebelweiß und Schiefergrau. Körnig, fest, körnig, fest. Diese einzigartige Struktur.

Der Anblick beruhigt mich ein wenig.

Wie geduldig das Eis den Moment seiner Entstehung bewahrt, beharrlich die Erinnerung an jeden schneereichen Tag und jeden umtriebigen Wind hütet. Temperatur, Niederschlag, atmosphärische Gase, Spurenstoffe – Schicht für Schicht, Jahr für Jahr, fest umschlossen im Klimagedächtnis gespeichert. Das ist das Glück des Glaziologen: Das Eis vergisst nichts.

Bis es schmilzt, höre ich deine Stimme sagen. Dann vergisst es sogar sich selbst.

Jan sah den Schwan als Erster.

Wir hatten schon ein paar Runden auf dem See gedreht. Weiße Spuren, Linien, Kreise auf der dunklen Eisfläche hinterlassen, wie Kreideschaubilder an der Tafel.

Blutkreislauf des Fisches. Zellteilung. Pantoffeltierchen. Aber Herr Alt und seine Biologiestunde waren weit weg. *Wir* waren weit weg, waren in Sarajevo, wie Kati Witt und Rosalynn Sumners und Erich Kühnhackl, waren genauso schnell und unschlagbar auf unseren Schlittschuhen.

Mitten im Lauf bremste Jan ab. Kufen parallel. Eis stob auf, Nummer 14 stand. Das hatte er stundenlang geübt.

Guckt mal da, der Schwan.

Wo?, fragte ich. Hielt neben ihm.

Wo?, fragtest du.

Na, da drüben. Seid ihr blind?

Er zeigte ans Ufer, zu den Schilfkolben, die wie starre Palisaden in den Winterhimmel ragten; dorthin, wo der Bachzulauf war, wo der See nie ganz zufror, wo der Puck nie hinrutschen durfte, wo schon einmal ein Junge eingebrochen und ertrunken war, wie man sich erzählte.

Der große weiße Vogel war nur ein Schemen in der blassen Landschaft, und er bewegte sich nicht.

Ja, und?, sagte ich. Hast du noch nie einen Schwan gesehen?

Jan fuhr ein paar Meter in Richtung des Tiers. Wedelte mit den Armen, schwenkte seinen Schal, machte: Schschschsch.

Der Schwan hob den Kopf, reckte den Hals und streckte den Rumpf, blieb aber sitzen.

Der ist angefroren, sagtest du, fuhrst Jan hinterher.

Ich blieb stehen. Ich mochte keine Schwäne. Sie fauchten und bissen und waren nur von ferne schön anzusehen.

Was habt ihr denn vor?, fragte ich.

Nur mal gucken, rief Jan.

Komm, sagtest du. Der tut ja nichts. Der sitzt doch fest.

Alles in mir wollte Spielverderberin sein. Wollte ans andere Ufer fahren, mein aufgespartes Pausenbrot essen, abwarten, bis ihr euer Abenteuer gehabt hattet, und dann weiter Olympia spielen. Aber meine Füße bewegten sich im Skatingschritt. Langsam hinter euch her.

In sicherer Entfernung blieben wir stehen und betrachteten das hilflose Tier. Die Kälte musste es im Schlaf überrascht haben. Seine Flügelspitzen hingen fest, wahrscheinlich auch seine Füße. Der Kopf ruckte vor und zurück, mit der Kraft verzweifelter Not.

Wir müssen ihn befreien, sagte Jan.

Das geht nicht, sagte ich. Man kann ja gar nicht zu ihm hin.

Willst du ihn da sterben lassen? Einfach so?

Nein! Aber was, wenn wir einbrechen? Das Eis ist ja viel zu dünn da drüben.

Er ist schon ganz schwach, sagtest du.

Ich hole einen langen Ast, sagte Jan. Vielleicht können wir ihn loshacken.

Das Eis sang unter seinen Kufen, als er davonsauste.

Du gingst auf die Knie, legtest dich auf den Bauch und schobst dich ein Stück vor, wie eine Echse, Arme und Beine seitlich abgewinkelt. Der Schwan zuckte und wackelte. Dein Skianorak rutschte hoch, und dein nackter Rücken kam zum Vorschein. Du trugst nicht mal ein Unterhemd.

All die Warnungen, Ermahnungen. Die mir Angst machten. Die Jan leichtfertig abtat. Die du aus Prinzip ignoriertest.

Fido …

Es passiert schon nichts, sagtest du.

Jedes Jahr brach irgendwo ein Kind ein. Jedes Jahr hörten wir von Unglücken. Jedes Jahr waren es andere Kinder gewesen, nicht wir. Das gab dir recht, nicht mir. Ich spürte, wie sich ein Zittern in mir ausbreitete, vom Zwerchfell aus, über die Brust in Beine und Arme. Mein Kinn schlotterte.

Mir ist kalt, sagte ich. Hackte mit den Zacken an meinen Schlittschuhen in die graue Eisdecke.

Du lagst nur noch drei Meter vom Schwan entfernt und sahst ihn an. Sein Kopf sank immer tiefer.

Er wird erfrieren, sagtest du.

Ich auch, sagte ich.

Jan kam mit einem krummen Ast zurück. Er war zu kurz, das sah ich sofort. Jan kniete sich neben dich, stocherte ein bisschen damit herum, bis der Schwan seinen Schnabel aufriss und uns verzweifelt anfauchte. Ich starrte in den bebenden rosafarbenen Schlund und wollte, dass er damit aufhörte. Dass jemand kam und sich um die Sache kümmerte, jemand, der nicht erst zwölf war, der es besser wusste als wir. Der das Richtige tat, der verhinderte, dass der Schwan starb.

Er durfte nicht sterben. Auf keinen Fall. Nicht, weil er mir leidtat, sondern weil das Leben nicht aufhören durfte. Und wegen der entsetzlichen Angst davor, die dem Tier aus dem Rachen zischte, geradewegs in mich hinein. Diese Angst, die seit Papas letztem Todestag auch in meinem Hals saß und mir die Luft abschnürte.

Der Oktober hatte großzügig sein Gold verstreut. Wir waren den bekannten Weg durch das Friedhofslabyrinth gegangen, jeder eine Blume in der Hand und Mama einen Strauß rosa Dahlien, wie auch schon die vergangenen zehn Jahre. Und wie immer, wenn wir vor dem Grab standen, kniete sich Mama ins Birkenlaub und weinte. Still und ohne Scham. Tränen eines Schmerzes, den ich nicht teilen konnte, weil ich Papa nie bewusst gekannt, nie vermisst hatte.

Und dann fuhr sie vorsichtig mit dem Daumen über den eingemeißelten Namenszug und wischte mit dieser besonders sanften Hand die Blätter von dem roten Stein, wie sie sonst uns die Haare aus der Stirn strich, wenn sie etwas Wichtiges oder Schwieriges sagen wollte.

Mit dieser Geste, in dem Moment, in dem ich am liebsten auch geweint hätte, allein um ihretwillen, befreite sich in der Tiefe meines Herzens zum ersten Mal das Wissen, dass auch sie eines Tages nicht mehr da sein würde. Sie würde sterben müssen, und nicht nur sie, wir alle – Jan, du, Nini, ich, ich auch, ich, ich auch! Galoppierend, im Sturm und mit Fanfaren kam mir zu Bewusstsein, dass es keinen Ausweg gab; der Tag würde kommen, vielleicht schon morgen, an dem ich nicht mehr denken würde, an dem mein Gehirn stillstand, an dem ich keine Luft mehr bekam, für immer weg sein würde, unwiderruflich, für die nächsten Millionen, Milliarden Jahre – ewig.

Vor mir Mamas vertrauter Rücken. Ein Sonnenfleck leuchtete zwischen ihren Schultern, als wäre sie schon ausgewählt.

Seitdem suchte mich dieser unfassbare Gedanke immer wieder heim, schlich nachts an mein Bett und würgte mich so unerwartet und heftig, dass ich Licht machen musste, mir an den Haaren ziehen, ins Gesicht schlagen und mit aller Kraft in die Beine kneifen, um mich zu spüren, zurückzuholen in die Welt und nicht laut Nein, nein, nicht ich! Ich will nicht! zu brüllen und verrückt zu werden; so lange und so fest, bis der Schmerz endlich verriet, dass es noch nicht so weit war, dass ich noch da war, dass ich noch lebte. Mit jagendem Herzen sah ich dann die roten Male auf meinen Beinen an, die am nächsten Morgen blaue Flecke sein würden. Was mich eigentümlich beruhigte.

Ich hatte niemandem davon erzählt, nicht einmal dir und Jan, hatte die Angst nicht ans Tageslicht geholt, sie drinnen und in der Nacht gehalten. Und jetzt schrie der Schwan sie mir ins Gesicht.

Wir müssen was tun, riefst du.

Wir könnten Herrn Tullius holen, sagte ich. Meine Stimme zitterte. Er könnte die Axt mitbringen und eine Leiter.

Damit dann rauskommt, dass wir die Schule geschwänzt haben? Na toll, sagte Jan.

Jedenfalls müssen wir uns beeilen, sagtest du. Lange hält er das nicht mehr durch.

Ich besorge eine Axt, sagte Jan.

Ich reagierte zu langsam. Jan war bereits am Ufer, wo unsere Schultaschen lagen, unsere kalten Stiefel, und rief *Bin gleich wieder da* über die Schulter, als mir einfiel, dass es viel besser gewesen wäre, ich holte die Axt. Ich ginge hier weg. Ich!

Warte, rief ich.

Aber Jan hörte mich nicht mehr. Als er mit schnellen Schritten zwischen den schwarzen Stämmen verschwand, knackte und raschelte es. Ein Eichelhäher schrie seinen krächzenden Warnlaut, kündete von Unheil und Gefahr, wie es seine Art war.

Meine Zähne klapperten.

Wenn du meine Füße festhältst, komme ich mit dem Stock an ihn ran, sagtest du.

Nein, sagte ich. Das ist viel zu gefährlich.

Bis Jan zurück ist, ist er tot.

Nein, rief ich.

Natürlich hattest du recht. Der Schwan wurde immer schwächer. Seine Muskeln bebten. Stolzer Vogel, hielt den Hals mit letzter Kraft rund gebogen und küsste mit seinem orangefarbenen Schnabel sein kaltes Spiegelbild.

Er durfte nicht sterben. Wir würden ihn retten. In letzter Minute. Jan würde jeden Moment mit der Axt zurück sein, dann würden wir den Tod besiegen und wären Helden.

Ich schaute mich um, mein Blick irrte zwischen den Bäumen umher. Wo blieb er denn nur?

Du schobst dich noch ein Stück weiter vor. Gluckern unter dem Eis und das leidende Knarzen des Eises.

Komm, wir warten da hinten, wir können doch sowieso jetzt nichts tun, sagte ich.

Geh ruhig, sagtest du. Ich bleibe hier.

Noch weiter vor. Noch ein Stück näher.

Scotti, komm doch da weg, flehte ich.

Du machtest keine Anstalten, dich zu bewegen, lagst still auf dem Bauch, die Hand ausgestreckt, fast am Kopf des verendenden Tieres. Als wolltest du mitsterben. Als wäre dir das egal. Oder sogar besonders wichtig.

Gib mir den Ast, sagtest du plötzlich.

Deine Stimme duldete kein Zögern, keine Einwände

mehr. Ich ließ mich nieder, ein Stück hinter dir, versetzte dem Ast einen Schubs. Das Holz schlitterte zu dir hinüber.

Mit dem Stock in der Hand hobst du dich auf die Knie, rutschtest bis an den Schwan heran und begannst mit dem spitzen Ende ins Eis zu hacken.

Krack. Krack. Krack.

Ich wusste, dass es richtig war. Nicht vernünftig, aber richtig. Sagte nichts. Hielt ebenso regungslos aus wie das Tier, es fauchte nicht mehr, zuckte nicht mehr.

Krack, krack, krack, hacktest du ruhig und entschlossen. Das Eis splitterte nicht, bekam nicht mal einen Riss. Krack, krack. Das Eis hielt. Der Schwanenhals gab nach.

Langsam, wie in Zeitlupe neigte er sich zur Seite, in deine Richtung, und du legtest vorsichtig deine Hand auf die weißen Federn. Ich konnte mich nicht rühren, den Blick nicht von deinen roten Fingern abwenden, die sich sachte über das Gefieder bewegten.

Jetzt ist er tot, sagtest du irgendwann. Ich habe es genau gesehen. Den Moment, in dem es passiert ist. Als der Tod kam.

In meinem Hals wuchs ein Kloß, ein ganzer Erdball, doch auf deinem Gesicht war keine Spur von Furcht oder Erschütterung zu sehen. Nichts Unbekanntes. Nur dein Lächeln, das deine großen Schneidezähne entblößte.

Es ist nicht schlimm, stelltest du fest. Stemmtest dich wieder auf die Füße, klopftest dir den Schnee von der Hose. Immer leichter und leichter wurdest du. Während ich immer schwerer wurde.

Am Waldrand tauchte Jans Gestalt auf. Wir sahen ihm entgegen.

Ich hab sie, rief er, schwenkte eine große Axt.

Zu spät, sagtest du, als er atemlos bei uns ankam.

Enttäuschung auf seinem Gesicht. Dann zuckte er die Achseln.

Na ja. Dann muss er jetzt eben bis zum Frühjahr da kleben bleiben.

Oder bis die Krähen kommen, sagtest du.

Ich sah hinüber zum Wald, zu den kahlen Wipfeln, wo bestimmt schon die Vögel saßen und warteten. Wie auf Kommando schrie wieder der Eichelhäher.

Wusstet ihr übrigens, dass es über ein halbes Jahr gedauert hat, bis sie Scott und seine Leute gefunden haben?, sagte Jan plötzlich.

Woher willst du das denn wissen?, fragte ich.

Habe ich gelesen. Und dann hat es noch mal ein halbes Jahr gedauert, bis es bekannt wurde. So lange haben die zum nächsten Telefon gebraucht. Stellt euch mal vor: Scott war schon ein Jahr tot, als Amundsen davon erfuhr.

Und was haben sie mit denen gemacht?, fragtest du. Als sie sie gefunden hatten?

An Ort und Stelle begraben. Die Kälte hatte die Leichen tiefgefroren. Die waren überhaupt nicht verwest oder so.

Ich versuchte wegzuhören, an ein Lied zu denken oder ein Gedicht, aber mir fiel nichts ein, und eure Worte wucherten, wanden sich um mich herum, ohne dass ich etwas tun konnte, und hielten mich fest. Hilflos vernahm ich Jans fröhliche Stimme.

Bestimmt sehen die heute noch immer genau so aus. Sie sind Eismumien.

Wie wir wohl mal sterben?, sagtest du. Das wüsste ich gerne.

Ich hielt es nicht mehr aus.

Mit einem Ruck drehte ich mich zu dir um. Rempelte dich so fest mit der Schulter an, dass wir beide beinahe das Gleichgewicht verloren.

Los, rief ich laut, ohne dich anzusehen. Wer als Erster bei der Trauerweide ist!

Dann sprintete ich los. Fuhr über die blanke Eisfläche davon, entlang des mattgoldenen Streifens, den die Sonne darauf ausgelegt hatte, und sah mich nicht mehr um.

Am nächsten Tag setzte Tauwetter ein.

Können wir jetzt weitermachen?, ruft Zappa von oben.

Ich nehme die Brille ab, schaue hinauf, geradewegs in den hellen Himmel. Zwei Sekunden, vielleicht drei. Dann fühle ich mich blind genug, steige mit zusammengebissenen Zähnen aus dem Schacht. Vor meinen Augen, über die Silhouetten meines Teams, tanzen schwarz glühende Flecken.

Abwartend, dicht beieinander stehen sie da, vereint in ihrer Verständnislosigkeit. Die Mauer beim Strafstoß, bereit zu verteidigen. Thomas hält den Kopf gesenkt, und Ole hat sich hinter seiner Sonnenbrille verschanzt. Zappas Blick ist nüchtern und ruhig, seinem wettergegerbten Gemüt entsprechend, neben ihm wirkt Fränzi noch starrer und zerbrechlicher als ohnehin.

Ich versuche ein Lächeln.

Es bleibt unerwidert. Keiner nimmt mir die Last ab, nicht einmal Thomas, der sonst immer hinter mir steht. Keiner entschuldigt mein Verhalten.

Sie haben recht.

Wir sind so weit gekommen, stehen nach langen Vorbereitungen endlich am Start, wie durchtrainierte Marathonläufer vor dem großen Rennen, und dann brennt mir im entscheidenden Moment die Sicherung durch. Peng. Und keiner versteht, warum.

Ich weiß nicht, was ich sagen soll. Sehne mich nach etwas, was mir hilft, das Schweigen zu brechen, nach einem Geräusch, einem Düsenjet, einer Autohupe, Kindergeschrei, nach Jans Stimme, die ruft *Ha, ha, reingelegt*, nach dem freundlichen Ding-Dong deiner Fahrradklingel. Aber es bleibt still.

Der nächste Run wird bestimmt besser, bringe ich schließlich heraus. Die Worte quälen sich in Zeitlupe aus meinem Mund, verzerrt und undeutlich.

Hoffentlich, sagt Zappa. 80 Zentimeter sind jedenfalls zu wenig.

82,3, sagt Fränzi.

Das Brummen des Bohrers, das Sirren der Winde übertönen die Anspannung und das ferne Grollen in meinem Kopf, und ich überlasse mich dankbar der Routine. Denke von Handgriff zu Handgriff, von Schritt zu Schritt. Warten. Kernrohr annehmen, Eisstück bergen. Vermessen, loggen, verpacken, beschriften. Bohrer aufsetzen. Warten.

Ich knie am Bohrloch, schaue ins Dunkel.

Ole steht hinter mir, groß und raumfüllend in der Enge des Schachts.

Er pfeift.

Das werte ich für den Moment als versöhnliches Zeichen, auch wenn mir dieses Sieben-Zwerge-Lied langsam ziemlich auf die Nerven geht.

Wie hat Frau Klose gesagt, als sie mich einmal beim Pfeifen erwischte, mich auf dem Gang stellte wie ein Wachhund? Sie wissen ja, Frau Fuchs, Mädchen, die pfeifen, und

Hühnern, die krähen, denen sollt' man beizeiten die Hälse umdrehen. Dazu ihr Lächeln, das allein besagte: Und wenn Sie sich nicht an meine Regeln halten, ist der Chef der Erste, der es erfährt. Die alte Hexe, sie ist weit weg, sitzt bestimmt in der bräsigen Wärme des Instituts und schmiedet Ränke.

In meinem Mailfach liegt noch die Nachricht von ihr. Ungelesen. Post aus einer Realität, in der morgens die Sonne auf- und abends untergeht. In der es regnet und Hunde auf den Bordstein kacken und um 20 Uhr die Tagesschau beginnt.

Was kann denn so dringend sein, dass es nicht die vier Wochen warten kann, bis wir wieder da sind?

Was soll denn noch passieren.

Im Warten schwillt das Grollen in meinem Kopf zu einem Dröhnen an. Ich weiß, was das ist. So klingen Lawinen. Ungelenk rapple ich mich hoch, um mich in Sicherheit zu bringen.

In den dicken Klamotten bin ich ungefähr so leichtfüßig wie ein Astronaut nach der Rückkehr in die Schwerkraft. Ich klopfe mir den Schnee von den Knien, räuspere mich laut, damit Ole mich vorbeilässt; damit er endlich mit diesem Lied aufhört, doch er rührt sich nicht vom Fleck.

Ole, sage ich gedehnt.

Klappe, sagt er.

Das kommt so unvermittelt und barsch, dass ich mich vor Schreck verschlucke. Bestimmt habe ich eine Retourkutsche verdient – aber diese Tonlage? Mir schießt das Blut in den Kopf. Ich muss husten.

Er sieht mich in aller Ruhe an, schaut mir zu, wie ich versuche, mich zu fangen, zu reagieren.

Du bist näher dran, sagt er dann.

Die Sekunde, bis ich begreife, dass die Klappe über dem Bohrloch noch offen ist, dauert eine Ewigkeit.

Nicht dass noch was reinfällt, sagt er, und sein Gesicht bricht auf in einem heiteren Feixen. So ein armer, kleiner Arretierstift ist ja schnell mal im Loch verschwunden …

Meine Wangen glühen. Woher weiß er davon, und wie viele Bohrexpeditionen müssen noch vergehen, um dieses eine Teilchen in Vergessenheit geraten zu lassen, das mir vor Jahren mal ins Loch gefallen ist? Mit dem Fuß schließe ich die Sicherheitsabdeckung.

Wie war das noch gleich, Hanna?, ruft Thomas vom Vermessungstisch herüber. Es ist ein schnelles Spiel!

Witzbold, maule ich und versuche, mich an Ole vorbeizudrücken. Mach dich mal schlank.

Ich knuffe ihn gegen den Arm. Er streckt mir die Zunge raus. Wir grinsen.

Wenigstens zwischen uns ist wieder alles, wie es gehört.

Ich ziehe die Überhandschuhe aus und schlage das Bohrlog auf. Auf dem Deckblatt mein Leitgedanke. *Die Vergangenheit sagt uns, wer wir sind, ohne sie verlieren wir unsere Identität (Stephen Hawking).* Ich blättere schnell daran vorbei. Kontrolliere die Eintragungen. Uhrzeit, gebohrte Meter, erreichte Tiefe, Bezeichnung unseres Kerns, Wetter und Temperatur. Die ersten Zeilen sind bereits mit Bleistiftzahlen gefüllt, die unseren Fortschritt beziffern, unser Vordringen in die Vergangenheit dokumentieren.

Prüfend lasse ich den Blick noch einmal darüberwandern. Streiche mit der Faust die Seiten glatt.

Meine Linkshänderschrift steht schief in dem strengen Raster aus Linien. Die Buchstaben unentschieden mal nach links und mal rechts gelehnt. Egal wie viel Mühe ich mir gebe, es entsteht nie ein ordentliches Bild; selbst die französische Lineatur, die ich seit jeher benutze, hilft da wenig.

Wir benutzten sie.

Blaue Clairefontaine-Hefte. Darin in deiner klaren und ausgeprägten Schrift unsere Abschiedsbriefe und Testamente: *Hiermit vermache ich meinen Körper der Wissenschaft und meinen Besitz der See. Nichts soll von mir bleiben als die Erinnerung.*

An Pathos hast du Scotts *Um Gottes willen, sorgt für unsere Hinterbliebenen* noch weit überboten. Aber so oft, wie du gestorben bist, hattest du wahrscheinlich mehr Übung darin, als gut für dich war.

Da ist wieder dieser Satz.

Scott ist tot.

Thomas' lapidarer Kommentar: Na, der ist ja schon lange tot. Ja. Genau das rede ich mir seit zwanzig Jahren ein. Trotzdem kann ich es immer noch nicht glauben. Denn du bist plötzlich lebendiger, näher, als lange.

Das ist das Paradoxe an dieser Nachricht.

Jan hat es geschafft, dich mit einem einzigen Satz wiederzubeleben und gleichzeitig endgültig umzubringen. Es ist, als hätte ich vorn und hinten Augen und wüsste nicht, in welche Richtung ich schaue. Mir wird ganz schwummerig davon.

Alles okay?, fragt Thomas neben mir.

Seine Stimme ist weich, die Wut daraus verschwunden, sodass ich mich zum ersten Mal traue, ihm wieder in die Augen zu sehen.

Was glaubst du, höre ich mich auf einmal sagen, wie hat Amundsen sich wohl gefühlt, als er von Scotts Tod erfahren hat?

Thomas überlegt einen Augenblick, schiebt sich die Sonnenbrille auf die Stirn, blinzelt mich an. Vielleicht stellt er sich vor, wie Amundsen das Telegramm erhielt, wie er in Madison, Wisconsin, in der Hotellobby stand, ein Page ihm das Papier in die Hand drückte, auf dem etwas wie *Scott funnet død 18 km fra depot* stand. Vielleicht versucht er, sich in den Kopf des Siegers zu versetzen, der nun plötzlich seines Konkurrenten beraubt ist; der womöglich seine eigene Endlichkeit erahnt oder das Glück, das er gehabt hat. Vielleicht. Aber vermutlich fragt er sich nur, warum ich ihm diese Frage stelle.

Wahrscheinlich war er schockiert, sagt er schließlich.

Vielleicht war er auch froh, sage ich.

Dann bringen wir den nächsten Meter Eis herauf.

Und den nächsten.

Und den nächsten.

Am Abend, nach dem Essen, hole ich die Flasche Linie Aquavit aus meinem Zelt. Es kommt mir angemessen vor, einen Schnaps zu trinken, und nötig. Die Gedanken bremsen, das Hirn überlisten, dich ruhigstellen, bevor du mich noch weiter verwirrst. Vor allem aber die anderen belohnen – es war trotz allem ein erfolgreicher Tag.

Wir sind tiefer gekommen, als ich es für den ersten Bohrtag geplant, erwartet hatte. Haben wie im Rausch sechzehn Runs absolviert. Fieren, hieven, fieren, hieven.

Die Männer machen erstaunte Gesichter, betrachten die Feierflasche, als ob es Unglück bringen könnte, sie vor dem letzten Expeditionstag zu öffnen.

Fränzi macht gar kein Gesicht. Sie hat den ganzen Tag kaum noch gesprochen, hat sich an einem weit entfernten

Ort vor mir in Sicherheit gebracht. Unerreichbar, unantastbar. Irgendjemand abergläubisch?, frage ich.

Selbst wenn, ist keiner so dumm, es zuzugeben, und ich schenke allen ein. Der Aquavit gluckert in die Becher. Drei Finger hoch, sonst nützt er nichts.

Diese Flasche hat inzwischen deutlich häufiger als zwei Mal den Äquator überquert, sage ich.

Thomas' skeptischer Blick, als hätte ich zu einer Orgie geladen. Sein Bild von mir muss heute Morgen ziemlich in Schieflage geraten sein, und nun droht es sich noch mehr zu verzerren.

Keine Sorge, das wird kein Besäufnis, sage ich, versuche ein Augenzwinkern. Auf einen gelungenen ersten Bohrtag!

Das wenig klangvolle Anstoßen von vier Isobechern, dann der erste Schluck und die unmittelbare Wärme im Bauch, die bald das Ungeheuer betäubt, das seit dem Morgen dort sitzt.

Auf die ersten 16 plus 5 Meter, Fränzi, sage ich, hoffe, dass meine Worte zu ihr durchdringen. Komm, stoß mit uns an.

Sie hebt den Kopf. Zwischen ihren Augenbrauen bildet sich eine steile Konzentrationsfalte. Sie ringt mit sich, ringt um Worte.

Du hast mich angefasst, sagt sie. Ihre Stimme klingt dunkel. Du darfst mich nicht anfassen, wenn ich es nicht will. Niemand darf das.

Der Krampf in meinem Zwerchfell ist wieder da. Ich umklammere den Henkel meiner Tasse, zwinge mich, jetzt nicht zu trinken, sondern das Richtige zu sagen, das bin ich ihr schuldig. Klare, eindeutige Sätze.

Ich weiß. Es tut mir sehr leid. Kannst du mir bitte verzeihen?

Ihre glasgrünen Augen wenden sich einen Moment nach innen, als würde sie ihr System nach der passenden Antwort scannen. Wie sie überlegt, ob es richtig ist, mir zu verzeihen, ob sich dadurch etwas ändert, erinnert sie mich an den bleichen Commander Data vom Raumschiff Enterprise.

Okay, sagt sie dann.

Es ist vorbehaltlos. Sonst hätte sie es nicht gesagt. Ich halte ihr ihren Becher hin, aber sie schüttelt den Kopf.

Nein, danke, Alkohol beeinträchtigt die Übertragung der Nervenzellenimpulse, sagt sie. Fügt zögernd hinzu: Mein Denkvermögen.

Mit einem Schwung gebe ich ihre Portion zu meiner dazu. Hoffentlich hat sie recht. Ich möchte nach Möglichkeit nicht mehr so viel denken.

Guter Stoff, sagt Zappa und bittet mit einer bescheidenen Geste um mehr.

Ja. *Das* können die Norweger, sagt Ole. Auch wenn ich persönlich mehr auf finnischen Wodka stehe.

Zappa riecht an der goldenen Flüssigkeit. Sein Gesicht glättet sich zufrieden, und er nimmt einen Schluck.

Klingt, als würdest du den Norwegern sonst nicht so viel zutrauen.

Die sind schon ziemlich eigen da im Norden. Ich war mal eine Weile auf Svalbard. Als Maschinist in diesem Forschungsdorf, ihr wisst schon, Ny-Ålesund …

Wirklich?, fragt Thomas. Das wusste ich gar nicht. Wann denn? Ich war zwei Saisons dort oben, mit einem Permafrostprojekt.

2006 bis 2008, antwortet Ole. Dann brauchte ich zur Abwechslung mal wieder Bäume und Kneipen und Mädchen in schönen Kleidern.

In dieser Reihenfolge?, fragt Zappa.

Ich muss lachen.

Hast du dann Finn noch kennengelernt?, fragt Thomas. Den kleinen Klempner mit der Trompete?

Du meinst den Findus, den Herzensbrecher? Klar! Mann, der hat ja nichts ausgelassen –

Sie beginnen einen Erinnerungsreigen.

Die Suche nach Gemeinsamkeiten, Übereinstimmung, Bestätigung – Abfragen von Koordinaten, wie beim Schiffeversenken. Warst du hier, warst du da? Hast du dies, hast du das? Es ist eine merkwürdige Art, sich zu verbinden. Als wäre man sich näher, wenn man dieselben Leute kennt.

Zappa klinkt sich aus, zieht sein Buch aus der Tasche, blättert unentschlossen durch die Seiten. Ich verspüre ebenfalls keinen Drang, mich an dem Gespräch zu beteiligen. Es geht niemanden etwas an, dass ich auch dort gearbeitet habe. Dass ich Findus ebenfalls kenne. Findus mit den kräftigen Fingern. Dem schnellen Puls. Dem entschlossenen Blick und den festen Lippen. An ihn habe ich lange nicht gedacht. Und er wahrscheinlich auch nicht an mich.

Von Ny-Ålesund aus ist Amundsen später zur Nordpolüberquerung aufgebrochen, sagt Thomas. Er sieht plötzlich mich an, nicht Ole. Wusstest du das, Hanna?

Was habe ich erwartet? Dass er mich in Ruhe lässt? Natürlich weiß ich das. Alles weiß ich darüber. Und ich erinnere mich noch sehr gut an das seltsame Gefühl, überall in dem kleinen Ort auf den Entdecker zu stoßen. Als würde ich mir selbst begegnen und mich nicht erkennen. Hier sein

Haus, die Amundsenvilla. Dort der große Mast, an dem sein Luftschiff *Norge* festgemacht hatte. Seine knarrende Stimme auf Tonband in der Telegrafenstation und, prominent und unübersehbar, die Bronzebüste. Die Falten im markanten Gesicht so tief, die Lippen und die Hakennase so ausgeprägt gearbeitet, dass der Schnee darauf liegen blieb wie ein umgekehrter Schatten. Die scharfen Augen blickten unter der Kapuze hervor, schauten mir jedes Mal, wenn ich vorbeiging, hinterher und fragten: Was tust du hier?

Jepp, sage ich. Der gute alte Amundsen mit seinem Luftschiff. Erster Mann an beiden Polen. Skål.

Ich kippe meinen Schnaps.

Es heißt ja, er muss ein ziemlicher Kotzbrocken gewesen sein, sagt Ole. Ein echter Despot, hat keinen Widerspruch geduldet …

Es brennt im Hals, als ich schlucke, und auch in den Augen.

Das sagen sie von allen, die wissen, was sie wollen. Der pure Neid, brummt Zappa, ohne den Blick von den verknickten Seiten zu heben.

Seine Worte tun gut. Auch wenn es kindisch ist, auch wenn keiner weiß, dass ich Amundsen bin. Obwohl ich eigentlich nie wirklich irgendetwas mit dem Entdecker gemein hatte, außer der Sehnsucht nach dem Eis.

Ich drehe noch eine Runde um den Block, sagt Ole und klatscht sich entschieden auf die Oberschenkel. Kommt jemand mit?

Zappa nickt, rollt sein Buch so zusammen, dass es in die Tasche passt, und steht auf. Dann fixieren wir am besten gleich noch mal die Abdeckung über dem Schacht, sagt er. Mein Knie meldet anderes Wetter.

Bitte nicht, sage ich.

Wetterfühligkeit ist wissenschaftlich nicht hinreichend belegt, schaltet sich Fränzi ein.

Das ist mir wurscht, sagt Zappa im Rausgehen. Auf mein Knie ist Verlass.

Kannst du bitte die aktuellen Prognosen abfragen, Fränzi?, sage ich. Ich habe keine Lust, noch mehr Überraschungen zu erleben.

Sie nickt, setzt die Kopfhörer auf. Die Tastatur klappert leise unter ihren Fingern, während sich der Rest des Zelts mit Ruhe füllt.

Ich stütze den Kopf in die Hände, er ist mit einem Mal ziemlich schwer, zu schwer, um ihn oben zu halten. Zu viel darin.

Jetzt bloß kein Schneesturm.

Das Wetter ist die Variable, mit der wir immer rechnen müssen. X ist gleich Sonne, gleich Schnee, gleich Sturm. Ein paar Schlechtwettertage sind immer einkalkuliert, doch insgeheim hoffe ich natürlich, dass wir eine Schönwetterexpedition sind. Dass wir Glück haben und durcharbeiten können.

Was hast du eigentlich immer mit Amundsen und Scott?, fragt Thomas unvermittelt.

Das Gewicht meines Kopfes nimmt weiter zu und auch sein Volumen, er fühlt sich an wie eine Bowlingkugel. Ich massiere meine Stirn.

Wieso ich? Du hast doch damit angefangen.

Weil *du* heute Nachmittag darüber gesprochen hast. Und gestern Abend. Sonst wäre ich doch gar nicht auf diese alten Kamellen gekommen.

Scott ist tot, sage ich nur.

Etwas anderes kann ich nicht sagen. Vielleicht findet sich irgendwann etwas Begreifbares in diesem Satz, wenn ich ihn nur immer wieder zitiere, für mich, für andere.

Ich weiß, antwortet Thomas leise.

Wie er es sagt. Als wüsste er Bescheid. Als wüsste er noch viel mehr, als könnte er mir für einen Moment die Hand an die Wange legen und einfach meinen Kopf halten, damit ich mich ein bisschen von mir selbst ausruhen kann. Als wäre alles nicht so schlimm und ich nicht allein.

Da kommt eine Schlechtwetterfront aus Nordwest, sagt Fränzi. Windstärke acht bis zehn. Wir haben noch knapp sechs Stunden.

Thomas seufzt resigniert.

Vielleicht kommen wir ja mit einem blauen Auge davon, sage ich zuversichtlicher, als mir zumute ist.

Zweifelnde Mienen.

Es ist Unsinn, zu glauben, das Unwetter zöge an uns vorbei. Wir alle hören die Zeltleinen leise singen. Der Wind ist längst erwacht und schon auf dem Weg.

Wir bohren weiter, beschließe ich. Jetzt gleich. Und zwar so lange, wie es geht.

3

Als ich aufwache, knattert die Zeltplane; der vormals leise Gesang der Spannleinen ist zu einem andauernden Heulton angeschwollen, der bis in die hintersten Winkel des Gehörs dringt. Ich schiebe meine Schlafbrille hoch. Hier drinnen ist es dunkler als sonst. Links von meinem Bett, dort, wo der Eingang ist, hat die Drift sich aufgetürmt, der Schnee liegt wie eine Decke über mein Zelt gebreitet. Wir werden schaufeln müssen, wieder einmal schaufeln. Der Gedanke drückt schwer auf meine Lider.

Als ich aufwache, liegst du neben mir. Das Gesicht mir zugewandt, die eine Hand unter deiner Wange.

Du sollst mir doch nicht beim Schlafen zusehen, sage ich.

Du antwortest nicht, lächelst nur, schiebst deine Nasenspitze an meine heran, reibst sie zwei Mal hin und her.

Nasennasen, sagst du.

Ich betrachte dich schlaftrunken. Wie glatt und straff deine Haut ist, keine Krähenfüße, keine Zornesfalte. Deine Lippen sind voll und deine Zähne weiß und gesund.

Nasennasen, murmele ich, schließe die Augen und drehe mich um.

Dein Arm legt sich schwer über meine Hüfte.

Als ich aufwache, höre ich Männerstimmen und Hundegebell.

Die anderen sind schon auf. Bestimmt haben sie angefangen, unser Camp wieder auszugraben. Mühsam setze ich mich auf, versuche herauszufinden, was sie tun, worüber sie reden. Ganz in der Nähe höre ich:

Die Ponys, Sir, ich glaube, sie sind jetzt wirklich am Ende.

Dann erledigen Sie das, Evans.

Jawohl, Sir!

Nein!, schreie ich.

Nach Luft ringend fahre ich hoch. Halte mir die Ohren zu, um das Knallen der Pistolen nicht hören zu müssen. Es weint in mir. Ohne dass ich etwas dagegen tun kann, laufen mir die Tränen aus den zusammengekniffenen Augen, frieren auf dem Weg über meine Wangen zu salzigen Eiskristallen.

Benommen sitze ich im Bett. Eine Minute, zwei verharre ich still, dann lausche ich vorsichtig. Die Hunde schweigen, die Männer auch. Nur der Wind jault noch immer.

Langsam beruhigt sich mein Atem. Ich versuche mich zu orientieren, meine Sinne zu sortieren, aber da ist gar nichts, außer dem Gefühl, vollkommen zerfasert und dünnhäutig zu sein. Mit den Fingerspitzen taste ich über mein Gesicht. Es ist kalt und feucht.

Wir haben doch gar keine Hunde, sage ich kaum hörbar ins Nichts.

Eine Böe greift nach meinem Zelt, als wollte sie es und mich forttragen. Es wackelt und ächzt.

Ich ziehe den Schlafsack enger um mich, versuche die Wärme im Inneren zu halten und alles andere draußen, doch die eisige Luft drückt sich gewaltsam durch die Kunstfasern um mich herum, durch die Wände, den Schlafsack, die Thermokleidung. Bis auf die Haut dringt sie, genau wie die Wirklichkeit.

So ist es gewesen. So ist Scott gestorben. In seinem Zelt in der Antarktis, im nicht enden wollenden Sturm.

Und du?

Was ist passiert, dass du, kaum vierzig, dein Leben verlorst?

Was ist denn bloß passiert?

Es gibt so unendlich viele Arten zu sterben.

Schlagworte fallen mir ein. Schablonen wie Krankheit, Unfall oder Selbstmord, die sachlich benennen, was doch niemand versteht, die jeder mit seinen eigenen Bildern füllen muss. Aber es entsteht kein Bild, wenn ich denke, du könntest Krebs gehabt haben. Ich sehe dich nicht, wenn ich in das Dreibettzimmer im Krankenhaus schaue, wo hoch oben unter der Decke tonlos der Fernseher läuft und die Blumensträuße auf der Fensterbank vielleicht länger halten als das Leben der Frauen in den Betten. Ich sehe dich nicht auf der Straße liegen, wenn ich an dem Busfahrer vorbeispähe, der die Kontrolle über sein Fahrzeug verloren hat. Ich sehe dich nicht auf dem Geländer der Autobahnbrücke, sprungbereit, 120 Meter über dem großen Fluss, der Bahn, der Bundesstraße.

Nichts davon kann ich mir vorstellen.

Weil ich mir dich nicht vorstellen kann.

Ich gehe dich suchen.

Lasse dich sterben, wie es zu dir passen würde.

Lasse dich in einer Sanddüne ertrinken, vom Hochseil stürzen, weil ein Gedanke dich aus dem Gleichgewicht gebracht hat. Ich lasse dich einem Spielmannszug hinterherlaufen und in die Tuba fallen, lasse dich an Nasenbluten verbluten, von einer verführerischen Giftpflanze essen, für eine Wette die Luft zu lange anhalten. Aber auch das gelingt mir nicht richtig, denn immer, wenn ich versuche, genauer hinzusehen, schaue ich einem achtzehnjährigen Mädchen ins Gesicht. Die grauen Augen groß und herausfordernd, ein ironisches Lächeln auf den Lippen, das die Verletzlichkeit, die in den Mundwinkeln wohnt, nicht ganz überspielen kann. Ein Mädchen mit verstrubbelten Haaren, mit spitzen Schultern, geschwungener Hüfte, einem Muttermal in der linken Kniekehle, die Füße leicht nach außen gestellt, der rechte etwas mehr.

Ein Mädchen, keine erwachsene Frau.

Das bist du.

Also, das *alte* Du. Das von früher. Als wir uns noch kannten.

Die Erkenntnis trifft mich wie ein nasser Lappen, weckt mich endgültig aus dem Dämmerzustand, in dem ich mich durch die Nacht gequält habe: Ich habe keine Ahnung, wer da gestorben ist.

Ein einsamer Laut zwängt sich aus meiner Kehle. Es ist beinahe zum Lachen.

Du bist seit zwanzig Jahren eingefroren in diesem Bild. Festgehalten in meiner letzten Erinnerung an dich. In dem Moment, bevor unsere Freundschaft endete. Als du nach den Ferien in Frankreich aus unserer Molly stiegst, dich verabschiedetest wie immer und mit leichten Schritten ins Haus gingst.

Seitdem weiß ich nichts mehr über dich. Wo du gelebt hast, wie du gelebt hast. Welchen Beruf du ausgeübt hast. Ob du geliebt hast, und falls ja, wen? Ich weiß nicht, was dich berührt, bewegt und angetrieben hat, morgens aufzustehen, ich weiß nicht, wie du aussahst, wie du die Haare trugst und ob deine Nägel lackiert waren – und wenn ja, ob rot oder schwarz –, ob du frei warst oder gebunden. Ob du Kinder hast. Ob du glücklich warst oder verzweifelt, oder ob dir das egal war.

Ich habe keine Ahnung mehr, wer du warst.

Du bist als Fremde gestorben. Aber das ist ja nun wirklich nicht meine Schuld.

Müde kauere ich mich zusammen, schlinge die Arme um die Knie und versuche, zu verschwinden.

Wir deckten auf der Veranda.

Die Monate mit r waren noch nicht vorbei, demnach war es eigentlich noch zu früh, um im zugigen Wintergarten zu sitzen, doch der April trug für dich sein Schönwetterkleid und ließ die Sonne durch die hohen Glasfenster scheinen.

Ich holte die Stuhlkissen aus der Truhe und die gelbe Gartentischdecke aus Weichschaum, in die wir im Laufe der Jahre an verborgenen Stellen Löcher gepopelt hatten und deren Fransen du immer zu kleinen Würsten drehtest. Mama hatte Donauwellen gebacken, weil du die am liebsten mochtest, und Herr Tullius hatte im Garten einen dicken Strauß Osterglocken gepflückt.

Es sollte eine Überraschung werden.

Am Morgen in der Schule hatten wir so getan, als hätten wir deinen Geburtstag vergessen, hatten uns für den Nachmittag mit dir verabredet.

Ich hab frische Ware, hatte Jan gesagt, um dich sicher zu ködern. Mit neuen Schallplatten konnte man dich immer locken.

Um halb vier?, hatte ich gefragt, als wir nach dem letzten Gong am Fahrradständer auf dem Schulhof standen.

Obwohl wir sonst nie Uhrzeiten ausmachten, hattest du einfach genickt. Keine Spur von Verwunderung oder Enttäuschung. So ungerührt warst du, dass sich ein Anflug von schlechtem Gewissen in meine Freude über das gelungene Manöver mischte. Denn auch, wenn du nie ein Wort zu viel über deine Eltern, dein Zuhause sprachst, wussten wir ja, dass neben einem Morgengebet und Gottes Segen vielleicht noch ein Buch oder eine Bluse das Maximum an geburtstäglicher Zuwendung war, das im Pfarrhaus vergeben wurde.

Du hattest das Victory-Zeichen gemacht, warst auf deine Brunhilde gestiegen und aufrecht davongefahren. Die Fransen deines langen roten Schals schleiften über die Erde, als wolltest du hinter dir aufkehren.

Halb vier!, hatte sich Jan beschwert. Ehrlich, Hanna! Auffälliger ging es wohl nicht.

Was hätte ich denn sonst sagen sollen?

Nichts. Sie kommt doch sowieso fast jeden Tag vorbei.

Es stimmte. Du warst fast jeden Tag bei uns. Aber eben nur fast. Ich hatte beleidigt geschwiegen.

Punkt halb vier saßen wir am Tisch.

Sechs Teller, sechs Tassen, unser handgemaltes Obstsortenservice mit Goldrand. Jeder von uns hatte seine eigene Frucht. Neben deinem Johannisbeer-Platz lagen zwei Geschenke, ein dickes, unförmiges von Nini und die Bowie-Platte von Jan und mir. Limonade sprudelte in unseren Gläsern, ließ die bunten Strohhalme nach oben treiben, und die fünfzehn Kerzen, die in der Schokoladenglasur des Kuchens steckten, flackerten im Luftzug.

Um zehn vor vier wurde die Schlagsahne langsam wieder flüssig, und die Kerzen waren heruntergebrannt. Du warst nicht da.

Jan sah zweifelnd auf die Uhr.

Ich rufe sie an, sagte ich. Stand schon halb. Vielleicht saßt du allein zu Hause und fühltest dich von der Welt vergessen.

Setz dich hin. Nini legte mir die Hand auf den Arm. Vielleicht ist etwas dazwischengekommen.

Wahrscheinlich eine Extrastunde Katechismus zum Geburtstag, sagte Jan. Oder noch ein paar Hundert Taschentücher bügeln.

Jan, mahnte Mama.

Ist doch wahr.

Ich verstehe das nicht, sagte ich.

Sie kommt schon noch, meinte Nini.

Mama schob jedem ein Stück Kuchen auf den Teller.

Lasst uns einfach schon mal anfangen, das wird ja alles nicht appetitlicher.

Wir aßen sonntagsstill, obwohl Samstag war. Gabeln und Löffel brachten das Porzellan leise zum Klingen, die Fensterrahmen knackten in der Frühlingswärme, und einen Atemzug lang war der Friede dieses familiären Kuchenessens so umfassend, dass ich beinahe vergaß, dass du fehltest, die Hauptperson.

Breitner, der angepflockt unter dem Birnbaum stand, schlug ungeduldig die Hörner gegen den Stamm und scharrte in der Erde. Er meckerte ausdauernd.

Ruhe jetzt, rief Herr Tullius.

Breitner meckerte noch lauter.

Herr Tullius schlug mit der Faust auf den Tisch, dass die

Tassen hüpften. Jetzt gibst du aber Ruhe, du dummer Bock, rief er. Herrgottsakramentnochmal!

Breitner verstummte. Dann wandte er uns gemächlich sein Hinterteil zu und köttelte auf den Rasen.

Jan begann zu lachen. Es gluckste unhaltbar aus ihm heraus und schwappte auf uns über, erst auf mich, wie immer, aber bald lachten wir alle, lachten über Breitner und die zerlaufene Sahne, über die müden Osterglocken und übereinander, über Herrn Tullius' bebenden Bauch und Ninis Schnarchgeräusche, wenn sie nach Luft schnappte, wir lachten, bis wir uns die Tränen aus den Augen wischen mussten, so sehr, dass keiner bemerkte, dass du plötzlich hinter uns standst.

Still und abwartend wie ein Geist.

Mein Gott, Kind, hast du mich erschreckt!

Mama sprang so unvermittelt auf, dass auch Nini sich laut kieksend an die Brust fasste, was bei Jan und mir die nächste Lachsalve auslöste.

Du betrachtetest uns, unsere Kaffeetafel, die halb gegessenen Kuchenstücke, die erloschenen Kerzen, als hätte das alles nichts mit dir zu tun, als fragtest du dich, wessen Geburtstag hier gefeiert wurde.

Wie schön, dass du geboren bist …, hob Nini zu singen an, forderte uns dirigierend auf einzustimmen, … wir hätten dich sonst sehr vermisst …

Überraschung!, rief ich und warf die Arme in die Luft. Wollte dich wachrütteln aus deinem seltsam starren Zustand. Dies war doch dein Fest.

… wie schön, dass wir beisammen sind …, schmetterten Mama und Nini unverdrossen weiter.

Ich war noch …, begannst du. Ich wusste ja nicht …

Auf deinem Gesicht ein seltenes Durcheinander. Du warst überrascht, aber anders, als wir es geplant hatten. Geniert standst du hinter dem für dich vorgesehenen Stuhl, knibbeltest mit dem Zeigefingernagel den Krater in der Haut am Daumen noch größer; du merktest es immer erst, wenn das Nagelbett blutete.

Während ich die letzten Zeilen mitsang, fragte ich mich, ob du wirklich gedacht hattest, wir hätten dich vergessen.

… wir gratulieren dir, Geburtstagskind!

Beifall. Wir klatschten extra laut.

Jetzt setz dich doch endlich!, sagte Mama. Sie zwinkerte dir zu. Es gibt Donauwellen!

Da sprengte ein Lächeln dein Gesicht.

Yummy!, sagtest du, ließt dich auf den Stuhl plumpsen, und die Stimmung atmete auf.

Los, pack aus, sagte Jan, zeigte auf die Geschenke, kaum dass du einen Bissen vom Kuchen gegessen hattest.

Du wusstest genau, welches du zuerst öffnen musstest, wahrscheinlich wusstest du auch schon, was drin war. Aber wir waren so stolz, dass wir das nicht bemerkten.

Wir waren extra mit dem Fahrrad in die Stadt gefahren, hatten sämtliche Plattenläden durchforstet, zum ersten Mal eine LP bestellt und sogar Vorkasse geleistet. Es musste *Scary Monsters* sein.

Erwartungsvoll sahen wir dich an.

Die Vorsicht, mit der du Tesastreifen für Tesastreifen löstest, um das Papier nicht zu zerstören, machte Jan ganz zappelig.

Du hieltest die Scheibe hoch, und David Bowie schaute dir vom Cover entgegen wie dein Spiegelbild. Zum ersten Mal fiel mir die Ähnlichkeit auf, die hohen Wangenknochen, das androgyne Gesicht, ich glaube, wir alle sahen es – denn deine neuerdings karottenrot gefärbten kurzen Haare vervollständigten den Eindruck. Du drehtest das Cover um, last die Trackliste, die in krakeliger Schrift auf die Rückseite gedruckt war.

Geil!, sagtest du. Echt super.

Ashes to Ashes, erklärte Jan, tippte auf die Hülle. Das ist der beste Song! Du wirst ihn lieben. Soll ich mal auflegen?

Nachher, sagte Mama. Lass Fido doch erst mal in Ruhe ihre Geschenke angucken.

Er widersprach, aber nicht besonders vehement, wahrscheinlich, weil er ebenso gespannt war wie ich, was Nini sich für dich ausgedacht hatte.

Artig packtest du ihr Päckchen aus. Dieselbe Vorsicht, dieselbe Ruhe, ein kleines Lächeln – das kurz darauf in beinahe bestürztem Unglauben mündete: Vor dir lag die bauchige alte Voigtländer in ihrem braunen Futteral.

Für mich?, fragtest du.

Ganz allein, antwortete Nini.

Ich kann mich nicht erinnern, dich jemals glücklicher gesehen zu haben, auch wenn ich nicht verstand, was an der alten Knipse so besonders war.

Solange ich denken konnte, hatte die Kamera ungenutzt im Wohnzimmerregal gelegen. Ein Dekorationsgegenstand, ein Relikt aus einer anderen Zeit.

Geht die eigentlich noch?, hattest du irgendwann gefragt.

Jan zuckte desinteressiert mit den Achseln.

Die gehört Nini, sagte ich. Aber sie benutzt sie nicht.

So oft hattest du sie danach angesehen, in die Hand genommen, gedreht und durch den Sucher geschaut, dass

Nini dir schließlich zeigte, wie man Blende und Brennweite einstellte. Sie beschrieb, worauf es beim Fotografieren ankam. Das Auge, die Geduld. Sie erklärte, wie Licht und Schatten einander bedingten, und die Bedeutsamkeit dessen, was *nicht* zu sehen war. Sie sprach von Freiraum und Luft und Farbe wie jemand, der von einer vergangenen Liebe erzählt, mit einer Wehmut, die mich beinahe beunruhigte, weil ich sie an Nini nicht kannte und weil ich nichts von dieser Leidenschaft fürs Bildermachen gewusst hatte, die meine Großmutter in sich trug.

Warum fotografierst du nicht mehr damit?, hattest du gefragt.

Nini nahm dir die Kamera aus der Hand und erhob sich vom Sofa.

Ich habe wohl irgendwann den Blick verloren, sagte sie, legte den Fotoapparat zurück ins Regal und strich sich den Rock glatt. So. Und jetzt Schluss damit.

Auf dem Weg aus dem Zimmer rückte sie beiläufig Papas Porträt zurecht, das auf dem Kaminsims stand.

Du saßt da und streicheltest das metallene Gehäuse.

Ein Film ist drin, sagte Nini.

Und jetzt hören wir Bowie!, bestimmte Jan und sprang vom Tisch auf. Ich folgte seinem Beispiel.

Ja, ja, sagte Mama. Sie entließ uns mit einer scheuchenden Handbewegung. Überlasst den Abwasch ruhig eurer armen alten Mutter.

Du hängtest dir die Kamera um den Hals, nahmst die Schallplatte vom Tisch.

Auf der Treppe hörte ich deine leise Stimme hinter mir.

Danke, sagtest du. Danke, Nini.

Wie immer legten wir uns zum Musikhören auf den Boden in Jans Zimmer. Kopf an Kopf. Machten uns bereit.

Die Platte begann mit undefinierbarem Rascheln und Rauschen, dann sprach plötzlich eine Frau japanisch, ehe Bowie das erste Mal schrie.

Spacig und wild tanzten Stimmungen und Rhythmen um uns herum. Auf eine Art genauso beunruhigend, wie es der Titel verhieß. Ich fühlte mich fremd, sehnte mich still nach etwas Leichtverdaulichem wie *Take on me*.

Pass auf, jetzt kommt's, rief Jan. *Ashes to Ashes*.

Es fiel mir schwer, zuzuhören. Aber irgendetwas zwischen den Gitarren und Bässen ließ mich aufhorchen.

Was singt er denn da?, fragte ich, als der Refrain zum zweiten Mal kam. War da nicht irgendwas über Major Tom?

Psst, machte Jan. Jetzt sei doch mal still.

Ich griff nach der Innenhülle der Platte. Suchte in den kaum zu entziffernden Textzeilen nach den Worten Major Tom. Da. Ich hatte mich nicht verhört. Ashes to ashes, funk to funky, you know Major Tom's a junkie. Und später: You'd better not mess with Major Tom.

Ich las den Satz zwei Mal, drei Mal.

Warum kam mir die Zeile so bekannt vor?

Ein Blick zu dir hinüber. Die Augen geschlossen, auf dem Bauch die Kamera wie einen wertvollen Schatz, und deine Lippen bewegten sich lautlos an Bowies Zeilen entlang.

Auswendig.

Fräulein Schwerdtfeger hatte den Raum betreten, ihre Aktentasche auf dem Pult abgestellt und den Blick über unsere Köpfe schweifen lassen. Sie trug ein graues Kostüm und flache Schuhe und führte uns vor, was im Leben von respektablen Frauen erwartet wurde.

Guten Tag, Mädchen, sagte sie.

Guten Tag, Fräulein Schwerdtfeger, antworteten wir im Chor.

Siebte Stunde, Tippsenkurs. Im Kopf schon die Verlockungen des Nachmittags. Die Aussicht auf genüssliches Nichtstun, denn das war unsere Lieblingsbeschäftigung dieser Tage, und wir pflegten sie ausgeprägt.

Fräulein Schwerdtfeger klappte mit militärischer Akkuratesse ihre Tasche auf, nahm das Tamburin und die Taschenlampe heraus.

Blindschreiben. Wir seufzten. Das war das Schlimmste.

Hanna, die Vorhänge bitte, sagte sie.

Während ich aufstand, legtest du die Stirn in vergrämte Falten und die Finger theatralisch auf die Tasten der halb automatischen Schreibmaschine. Als ließe sich das Übel durch Langsamkeit verhindern, bewegte ich mich in Zeitlupentempo zum Fenster, um an der speckigen Kordel die Vorhänge zuzuziehen.

Etwas zügiger, wenn es geht.

Ich streckte der Mamsell hinter dem Rücken die Zunge heraus. Ein Mädchen kicherte. Albernheiten flogen durch die Luft, während ich Stück für Stück das Tageslicht aus dem Raum verbannte und die Klasse verschwinden ließ.

Blickloses Dunkel. Ich konnte nichts erkennen; nur die orangefarbenen Kreise, die die Sonne auf meiner Netzhaut hinterlassen hatte, leuchteten noch. Fräulein Schwerdtfegers Lampe ging an, der Lichtkegel zuckte zu mir wie ein Suchscheinwerfer und wies mir den Weg zu meinem Platz. Ich schaltete die IBM an, die mit einem Piepsen ihre Bereitschaft signalisierte, dann wanderte das helle Auge weiter, von einer Schülerin zur nächsten, auf der Suche nach Ungehorsam.

Ach-tung!, rief die Schwerdtfeger, und ich ging in Position, meine Zeigefinger suchten die Erhebungen auf dem F und J, die einzigen Wegweiser, die es gab, auf dem verschlungenen Pfad zum Zehnfingersystem. Dann erlosch auch die Taschenlampe.

Bürgermeisterkandidat, kam es von vorn, begleitet vom ersten Schlag auf das Tamburin.

Ich tippte, so schnell meine Finger konnten.

Bürgermeisterkandidat. Bürgermeisterkndidat. Bürgermeisterkandidat. Bürgermeisterkandidat. Bürgermeisterkandadit. Bürgermeisterkindadat. Bürgremeistrkandidat. Bürgermeisterkandidat.

Ich gab mir Mühe, konzentrierte mich. Man konnte nie wissen, ob man durch einen dummen Zufall nicht doch Sekretärin werden musste.

Wie ein Hagelschauer auf einem Wellblechdach klangen die vielen Bürgermeisterkandidaten, es hallte von den Wänden, und Fräulein Schwerdtfeger schlug die Silben im Takt dazu.

Plötzlich kam ich aus dem Rhythmus. Denn direkt neben mir war es still. Du schriebst nicht mit.

Scotti, zischte ich.

Ich schaute in deine Richtung, suchte nach deiner Silhouette. Vergeblich.

He, was ist los?, flüsterte ich noch einmal. Ich nahm keine Bewegung wahr.

Hanna, gibt es ein Problem?, fragte Fräulein Schwerdtfeger.

Wie hatte sie mich hören, mich erkennen können, in dem Lärm?

Nein, nein, sagte ich. Alles okay.

Disziplinarmaßnahme!, rief sie.

Sieben Schläge auf dem Tamburin.

Ich war raus. Die Disziplinarmaßnahme lief mir nur schwerfällig aus den Fingern, ich spürte die Fehler, während ich sie machte.

Friederike, rief Fräulein Schwerdtfeger. Ich höre dich nicht!

Du antwortetest ihr nicht. Kein Laut kam aus deiner Richtung. Unruhe stieg in mir auf. Du warst eigenwillig, aber nicht respektlos. Etwas war nicht in Ordnung.

Friederike, schnarrte die Schwerdtfeger. Ich verstehe keinen Spaß.

Die eben noch synchronen Anschläge der anderen gerieten durcheinander, verloren sich nach und nach in der Dunkelheit, die plötzlich noch deutlicher spürbar wurde als zuvor. Irgendwann tippte niemand mehr, und Fräulein Schwerdtfeger hörte auf zu trommeln. Ohne die Taschenlampe anzumachen, durchquerte sie zielsicher den Raum zum Lichtschalter.

Das leise Klingen des Zünders. Der Moment, bevor die Neonröhren an der Decke angingen, die immer eine Sekunde verzögert reagierten, bis sie sich entschließen konnten zu leuchten. Wie bei Mord im Dunkeln. Dieses schreckliche Spiel, das zu verregneten Geburtstagen gespielt wurde. Bei dem man nie wusste, ob die Welt wirklich noch dieselbe war, wenn der Schrei des Mordopfers ertönt war und wieder Licht gemacht wurde. Ein einziges Mal nur war ich Mörder gewesen und natürlich sofort aufgeflogen. Die anderen hatten mich umgehend entlarvt. Wahrscheinlich, weil ich dich umgebracht hatte. Aber wen sonst hätte ich wählen sollen?

Es wurde hell.

Alle kniffen die Augen zu, ich blinzelte zu dir hinüber, wusste schon dein Lächeln, mit dem du Menschen wie der Schwerdtfeger zu verstehen gabst, was du von ihnen hieltest, ohne sie zu beleidigen.

Aber dein Pult war leer. Deine Schreibmaschine verlassen.

Du warst weg.

Auf deinem Blatt stand in einsamen Lettern: *You'd better not mess with Major Tom.*

Ich hatte dagesessen, abwechselnd auf deinen leeren Stuhl und das Blatt geschaut und die Welt nicht mehr kapiert, hatte versucht, deine Botschaft zu entschlüsseln, von der ich meinte, sie sei an mich gerichtet, und konnte mir einfach keinen Reim darauf machen.

Hatte ich etwas falsch gemacht? Und wer war Major Tom? Tommie aus der Elften? Den fand ich doch schon lange nicht mehr gut. Völlig losgelöst? Hatte es damit etwas zu tun?

Tuscheln, Schnattern, Stühlerücken. Die neugierigen Blicke der anderen.

Die Schwerdtfeger trat an deinen Tisch, riss das Papier aus der Maschine und faltete es zusammen, ohne einen Blick darauf zu werfen. Nachdem sie es in ihrer Aktentasche verstaut hatte, schlug sie ein paarmal kräftig auf das Tamburin ein.

Ru-he!, rief sie. Alle wieder auf die Plätze!

Das Licht ging aus.

Die Schulordnung duldet kein unerlaubtes Entfernen aus der Klasse, kam es aus der Dunkelheit. Und ich auch nicht. Punktum.

Sollen wir das schreiben?, piepste Carola in der ersten Reihe.

Alle lachten, außer mir.

Am Nachmittag trafen wir uns wie so oft im alten Stellwerk. Der Wind pfiff ungemütlich durch die zersplitterten Fensterscheiben und ließ mich frösteln.

Wir nestelten die Zigarettenschachtel aus dem Versteck und rauchten feuchte Zigaretten.

Die kleine Streunerkatze kam angelaufen und strich dir um die Beine. Du gingst in die Hocke, füttertest sie mit Salami, Stückchen für Stückchen fraß sie dir aus der Hand.

Wo warst du denn vorhin plötzlich?, fragte ich. Mann, die Schwerdtfeger war vielleicht sauer!

Nasenbluten, sagtest du. Schobst die Scherben auf dem Boden mit der Fußspitze zusammen.

Kein Wort von Major Tom.

Und ich hatte nicht weiter gefragt, denn seit einer Weile hattest du ja andauernd Nasenbluten.

Du kennst die Platte schon, stellte ich fest, als das Lied zu Ende war.

Du schlugst die Augen auf. Nicktest.

Was?, rief Jan. Und das sagst du erst jetzt? Woher denn?

Eigentlich wollte ich die Antwort lieber nicht hören.

Von Siggi.

Jans Gesicht bewölkte sich.

Was du an dem Spinner findest, sagte er heftiger, als es sonst seine Art war.

Ich sah ihn an, dann dich, fühlte mich von allen Seiten überrumpelt. Was war denn hier los?

Ist doch egal.

Deine Antwort kam leichthin. Als bedeutete das alles nichts, und vielleicht bedeutete es ja auch gar nichts, aber ich kam mir unendlich dumm vor. Weil ich – im Gegensatz zu dir – keine Geheimnisse hatte, und mehr noch, weil ich gar keine Geheimnisse haben wollte. Ich wollte alles teilen. Mit dir.

He, du stießt mich mit deinem Sockenfuß an, Ground Control to Major Hanna!

Stur bohrte ich mit den Augen Löcher ins Papier. Jan machte die Platte aus.

Seid ihr jetzt sauer, oder was?

Du stießest mich noch einmal an. Ich hob genervt den Kopf – und klick.

Sehr schön, sagtest du.

Zum ersten von unendlich vielen Malen kam hinter der Kamera dieses zufriedene Jägergrinsen zum Vorschein.

Mich schaudert.

Die Luft hat sich kalt um meine Schultern gelegt. Oder es ist dieses feinmaschige Netz aus Vergangenheit, unsichtbar wie ein Spinnengewebe, in dem sich meine Gedanken immer wieder verfangen, seit ich Jans E-Mail gelesen habe. Mit beiden Händen reibe ich mir über die Oberarme, damit das klebrig-klamme Gefühl verschwindet, aber es lässt sich nicht wegrubbeln.

Dein Tod hat sich in mein Leben gedrängt, und ich weiß nicht, wohin mit ihm. Mit dir. Mit mir.

Ich verkrieche mich wieder tiefer in meinem Schlafsack,

um noch ein bisschen zu dösen – und merke nach ein paar Sekunden, dass meine Blase drückt.

Plötzlich muss ich lachen. *Das* ist meine Wirklichkeit: Ich zelte freiwillig inmitten einer Eiswüste. Jenseits der gelben Stoffwand tobt ein entfesseltes Ungeheuer, und die Natur fordert ihr profanstes Recht.

Ich überlege, wo ich meine Urinella hingelegt habe, dann fällt mir ein, dass ich gar keine Flasche habe. So nützt die beste Pinkelhilfe nichts. Die Männer haben immer eine Flasche im Zelt. Ich weiß das, auch wenn wir natürlich nicht darüber reden.

Was würde ich jetzt dafür geben. Hose runter und einfach laufen lassen. Durch das dünne Plastik mit der Hand die tröstende Wärme fühlen, die aus meinem Inneren kommt. Die Erleichterung.

Bis zum sogenannten Häusl sind es zwar weniger als hundert Meter, doch bei Windgeschwindigkeiten von über 40 Knoten kommt das einer Weltreise gleich.

Warum habe ich nicht an eine Flasche gedacht?

Ich spanne den Beckenboden an. Im Einhalten bin ich seit der Pubertät richtig gut, aller Warnung vor Inkontinenz zum Trotz.

Strecken, in den Bauch atmen.

Es hilft nichts. Ich muss nach draußen. Muss mich freischaufeln und dann, womöglich, auch noch das Klo ausgraben. Eilig ziehe ich mich an.

Lege Schicht um Schicht an Gegenwart zu.

Ich knie in einer Wolke.

Der Wind staubt den trockenen Oberflächenschnee vom Spaten, sobald ich ihn anhebe. Als ich mich aufrichten will, reißt mich eine Böe fast von den Füßen, lässt mich in die Sturmleinen am Vordach taumeln. Mit einer Hand halte ich mich daran fest, mit der anderen versuche ich meine Brille abzuschirmen, um besser sehen zu können. Auf zwei Uhr zu meiner Rechten müsste Fränzis Zelt stehen und auf zwölf Uhr, zehn Meter vor mir, der nächste Markierungswimpel, aber da ist nur kompaktes, dimensionsloses Hellgrau.

Aus allen Richtungen peitschen mir die Flocken entgegen.

Schwarz-Weiß-Fernsehen nach Sendeschluss.

Herrn Tullius' Stimme, die nach einem Gewitter zu uns hereinruft: Schneit's bei euch auch im Dritten? Ich habe kein Bild!

Whiteout.

Die Grenze zwischen Himmel und Erde ist ausradiert, oben und unten sind nicht mehr da, Linien und Farben ausgelöscht.

Schwindelig klammere ich mich an die Zeltschnur, spüre, wie sich unter meiner Brille kleine Schweißtropfen bilden, wie meine Blase zu explodieren droht und mein Herz Fahrt aufnimmt, wie in der Achterbahn auf dem Weg zum Looping. Ein schwerer Affe setzt sich in mein Genick und versucht von hinten meinen Hals zuzuhalten.

Ich hole tief Luft.

Nein!, befehle ich mir laut. Schau nach unten. Unten ist da, wo die Füße sind. Und zum Häusl geht es immer geradeaus. Los jetzt.

Zögernd löse ich die Finger von der Leine, mache einen Schritt. Es fühlt sich an, als würde ich mitten im Ozean mein Rettungsboot aufgeben. Dann, für eine Sekunde, hebt sich der undurchsichtige Schleier und lässt Fränzis Zelt aus dem Nichts steigen.

Ich atme auf.

Vor dem Eingang zwei Schemen. Ich erahne die Silhouetten von Thomas und Ole. Beide knien, die Köpfe nah zusammen, und auf ihren gewölbten Rücken reitet der Sturm.

Was machen sie da?

Was ist los?, brülle ich aus voller Kraft, aber der Wind pflückt mir die Worte vom Mund, kaum, dass ich sie geäußert habe. Ungehört ziehen sie davon.

So schnell ich kann, bewege ich mich in Richtung des Zelts. Ich rufe erst wieder, als ich dicht hinter Thomas und Ole stehe.

Was ist passiert?

Naht gerissen!, ruft Ole zurück, ohne sich nach mir umzudrehen, und deutet auf die Zeltwand.

Neben dem geschlossenen Reißverschluss klafft ein meterlanger Schlitz, durch den sich die lebensfeindliche Außenwelt bereits in Fränzis Zelt gedrängt hat, uns höhnisch demonstriert, wie verwundbar wir sind.

Der Stoff zwischen uns und dem Erfrieren ist dünn.

Ole versucht, einen Streifen Duck-Tape über das Loch zu kleben, während Thomas ihm Windschutz bietet.

Was ist mit Fränzi?

Thomas dreht sich um, hebt die Hand, bringt Daumen und Zeigefinger zusammen. Taucher-OK.

Und du?, ruft er.

Ich lächle, obwohl ich weiß, dass er es nicht sehen kann. Dann hebe ich den Daumen und wende mich eilig ab. Peile den nächstgelegenen Wimpel an.

Es gibt Dinge, die dulden keinen weiteren Aufschub. Unwetter hin oder her.

4

Der Sturm hält an.

Die Zeit ertrinkt im diffusen Restlicht, das es durch die Wolkendecke schafft, und wir schauen tatenlos zu.

Seit Fränzis Zelt auch von innen geflickt, ein Tau an der Schachtabdeckung ausgebessert, die Handleine zum Quartier gespannt und die Lage hinreichend analysiert ist, gibt es nichts Dringenderes zu tun, als zu warten.

Warten.

Tagelang.

Auf besseres Wetter.

Im anheimelnden Muff des Quartierzelts.

Wie ich diese Untätigkeit hasse. Es ist zum Verrücktwerden.

Wirbel für Wirbel sind mir in den letzten Stunden die Bedenken den Rücken hinaufgekrochen, eine lange Kolonne aus Wenns und Abers, die bis nach Hause reicht, bis ins Büro, bis ins Eislabor, bis hin zu abgesagten Vorträgen und nicht gehaltenen Seminaren, zu Mittelkürzungen und verächtlich gerümpften Kollegennasen. Die Gedanken lassen sich nicht abschütteln, obwohl ich weiß, dass sie allesamt irrational sind.

Der Versuch, mich zu beruhigen, so wie ich versucht habe, die anderen zu beruhigen: Noch haben wir nichts verloren. Noch ist genug Zeit. Noch können wir die 300 Meter schaffen – doch es klingt wie die fadenscheinigen Durchhalteparolen eines schlechten Politikers, dem niemand je glauben würde, nicht einmal er selbst.

Ich öffne den Reißverschluss am Eingang ein Stück, spähe hinaus. Es ist noch immer nichts anderes zu sehen als das bleierne Grau. Ein Windstoß schlägt mir ins Gesicht, drückt sich so unerwartet in Nase und Mund, dass ich husten muss.

Loch zu!, rufen Ole und Thomas unisono.

Ja. Ist ja gut.

Ich muss mich zwingen, nicht alle paar Minuten nachzusehen, das letzte Mal ist eine Viertelstunde her. Ich habe extra auf die Uhr geschaut.

Geduld ist die Tugend der Glücklichen, sagt Ole und wirft sein *Perry-Rhodan*-Heftchen auf den Tisch. Der Space-Cowboy auf dem Umschlag lächelt dümmlich.

Was für ein Scheißspruch, sage ich.

Stimmt, antwortet Ole. Aber Scheißsprüche sind nun mal meine Spezialität. Hättest du vielleicht trotzdem Lust auf eine Partie Schach? Ist gut für die Nerven.

Du spielst Schach?

Meine Überraschung ist so schlecht verholen, dass es beleidigend sein muss.

Ich meine, hast du ein Schachbrett dabei, oder was?, schiebe ich schnell nach.

Immel und übelall, antwortet er, unverderblich gut gelaunt. Man weiß ja nie, wann man mal wieder im Sturm festsitzt.

Ist nicht so mein Spiel, sage ich.

Fränzi hebt abrupt den Kopf von ihren Messdaten.

Schach ist ein Sport, kein Spiel.

Wo sie recht hat … Ole hebt die Hände.

Fränzi fixiert ihn. Als wäre sie farbenblind und er hätte eine Färbung angenommen, die ihn für sie zum ersten Mal sichtbar macht. Ohne ihn aus den Augen zu lassen, sagt sie zu mir: Ole kann gegen mich antreten.

Der Satz hängt im Raum. Zieht erstaunte Blicke auf sich. Wächst mit leisem Klingen über sich hinaus.

Gut, sagt Ole.

Sehr gut, sage ich. Dann muss ich ja nicht.

Sie bauen die Figuren auf, schnell, ohne zu überlegen. Ole nimmt die weiße Dame, lässt sie in einer Hand verschwinden, streckt dann wortlos Fränzi die großen Fäuste entgegen. Sie zeigt auf links. Richtig.

Weiß beginnt, sagt er.

Ich weiß, antwortet sie.

Ich Tarzan, sagt Ole und winkt ab, als er Fränzis irritierten Blick sieht. Vergiss es.

Sie macht ihren ersten Zug mit einem Bauern. Ole mit dessen Gegenüber. Sie zieht den Springer. Er zieht nach. Hin und her. Das Anfangstempo ist beeindruckend hoch.

Wiener Partie, Ole nickt anerkennend. Und auf Fränzis Gesicht tritt ein seltener Schimmer.

Ich sehe mich danach um, ob außer mir noch jemand das unerwartete Einvernehmen unserer beiden Antipoden bemerkt hat, doch Thomas und Zappa haben sich hinter ihre Bücher zurückgezogen.

Trotz des Sturms draußen breitet sich jene Art der konzentrierten Stille aus, wie sie in Bibliotheken und Museen herrscht. Eine Ruhe, die keine Störung duldet.

Plötzlich bin ich allein; aus dem Moment gerutscht, als wäre eine Glaswand zwischen mir und den anderen.

Ich betrachte meine vier Kollegen, ihre Köpfe und Arme, Schultern und Haare. Ihre Münder, Fältchen, Muttermale. Je länger ich hinschaue, umso abstrakter werden sie, langsam löst sich ihr vertrautes Äußeres auf in einer pixeligen Ansammlung von Flächen und Farben.

Mit einem Mal sind sie mir fremd. Ich kenne sie nicht. Weiß nicht, wer sie *eigentlich* sind. Was sie bewegt, was sie verbergen. Wir teilen so vieles und wissen doch fast nichts voneinander.

Mit dir war das anders. Du warst in mir drin. Warst mir so vertraut wie das Gefühl der eigenen Zunge im Mund, so selbstverständlich wie der nächste Atemzug.

Seither habe ich niemanden mehr so gut gekannt.

Und jetzt bist du tot.

Der Gedanke klumpt in meinem Hals. Schnell sage, ja, rufe ich beinahe in die friedliche Runde: Wie wäre es mit Skat? Skat kann ich!

Keiner reagiert.

Gerade frage ich mich, ob ich es wirklich laut ausgesprochen oder vielleicht doch nur gedacht habe, da sagt Thomas: Hab ich nie kapiert.

Übungssache, brummt Zappa. Blättert um.

Hast du Zehn und Ass gesehen, musst du von der Farbe gehen. Hand hat allerhand. Sieben, Neun, Unter, geht nichts drunter, sage ich auf.

Mmm, macht Thomas. Kann sein.

Du kannst auch sagen: Sieben, Neun, Bauer, steht wie 'ne Mauer, fahre ich fort. Ist dasselbe.

Hm.

War ja nur eine Idee.

Der Wind jault auf, wie ein getretener Hund, lauter noch als am Morgen. Am liebsten möchte man mitheulen.

Was liest du denn da?, frage ich Thomas.

Hm?

Was liest du?

Stratigraphiekram. Ein Paper von Fritz für die Konferenz in Anchorage.

Er notiert etwas im Skript.

Will er mir ein schlechtes Gewissen machen? Es ist ja nicht so, dass ich nichts zum Arbeiten dabeihätte, ich habe eine Doktorarbeit eingepackt, die korrigiert werden muss. Allerdings eher aus Aberglauben. Wie man bei Sonnenschein einen Regenschirm mit sich herumträgt, damit es sicher nicht anfängt zu regnen. Mit der Korrektur zu beginnen, käme einer Kapitulation gleich.

Und?, frage ich.

Wie, und?

Ist es gut?

Hm.

Na, besonders begeistert scheinst du ja nicht gerade.

Ein strenger Elternblick von Zappa über den Rand seines Buches ereilt mich. Viel fehlt nicht, und er schickt mich raus zum Spielen.

Ich verstumme. Öffne noch einmal den Reißverschluss und schaue nach draußen. Es hat sich nichts geändert. Thomas legt seine Unterlagen zur Seite und reibt sich die Stirn.

Dieser verdammte Sturm, sagt er. Ich habe saumäßige Kopfschmerzen.

Der rapide Abfall des Luftdrucks zusätzlich zur Höhe macht ihm offenbar mehr zu schaffen als uns anderen.

Brauchst du eine Tablette?, frage ich. Ich habe reichlich Stoff dabei.

Hab schon eine genommen. Vielleicht muss ich mich einfach noch mal ein bisschen hinlegen.

Er lächelt, aber in den Lachfalten liegt fahle Mattigkeit. Seine Pupillen sind weit, die Iris umkränzt von einem Netz aus roten Äderchen. So habe ich ihn noch nie gesehen.

Sicher?, frage ich.

Er zieht sich langsam die Sturmhaube über, die Handschuhe.

Weck mich, wenn es Essen gibt.

Wie er das sagt. Als würde er nie wiederkommen.

Wie Lawrence Oates, der mit seinen erfrorenen Füßen in den Freitod ging, um Scott und seinen Kollegen auf dem Rückweg vom Pol nicht weiter zur Last zu fallen. I am just going outside and may be some time.

Mich fröstelt, als er nach draußen verschwindet.

Die Leiche von Oates wurde nie gefunden. Überdeckt vom Schneezutrag aus hundert Sommern und Wintern liegt sie irgendwo eingeschlossen im Firn. Nicht tief, auf zehn, höchstens zwölf Metern, wo die Kristalle noch nicht einmal zu klarem Eis verdichtet sind, wo die Luft von einst nach wie vor zirkulieren kann. Die Vergangenheit ist nicht abgeschlossen, sie ist noch in Bewegung.

Alles scheint in Bewegung, außer uns.

Wenn wir doch nur bohren könnten.

Ich seufze.

Zappa lässt sein Buch sinken, kneift ein Auge zu, und wie er die Lippen kräuselt, sieht es aus, als schmunzelte er. Vermutlich über mich, über meine Versuche, diesen entsetzlichen Stillstand, zu dem uns der Sturm verurteilt hat, nicht mit mir allein ausmachen zu müssen.

Das Herz ist ein einsamer Jäger, sagt er ruhig.

Was?, frage ich.

Ich nehme an, du wolltest wissen, was ich lese.

Was?

Das Herz ist ein einsamer Jäger, wiederholt er.

Der Satz hallt in meinem Kopf wie Schritte in einem leeren Parkhaus.

Warum sagt er jetzt solche Sachen? Warum sagt er nicht etwas wie *Wir müssen noch die Anti-Torque-Einheit neu einstellen* oder *Hoffentlich friert die Winde nicht total zu*?

Als ich nicht antworte, hält Zappa sein zerfleddertes Buch hoch, tippt mit dem Finger auf den Deckel.

Der Titel, sagt er.

Ah, ach so.

Was dachtest du?, fragt er.

Nichts, sage ich. Ich habe nur … Wovon handelt es?

Von einem Mann, dem sein einziger Freund weggenommen wird. Und von einem einsamen Barbesitzer. Und einem kleinen Mädchen, das Musik liebt. Und einem Arzt.

Und was passiert dann?

Das Leben, sagt Zappa. Musst du mal lesen. Steht viel Wahres drin.

Es klingt, als könnte man allein durch die Lektüre einer Geschichte ein anderer Mensch werden, die Ordnung der Dinge und ihre Bedeutung begreifen. Wenn es so einfach wäre.

Ich lese keine Romane, sage ich.

Schade.

Er lächelt nicht. Da ist etwas anderes in seinem Blick, etwas Fragendes, Forschendes.

Schnell beuge ich mich zu meinen Stiefeln und zupfe am Reißverschluss.

Ein Buchtitel. Sechs kleine Wörter, und ich verliere beinahe die Fassung.

Bald werde ich wirklich bekloppt.

Um mich herum lächelnde Gesichter. Etwas daran war verkehrt. Ich konnte sehen, dass es euch Kraft kostete, dass eure Mundwinkel schwer waren, fast zu schwer, um sie hochzuziehen. Es war jene Art von Lächeln, auf das meist ein Weinen folgt, ich kannte das von Mama, vom Friedhof.

Mama, sagte ich.

Schschsch, machte sie, beugte sich über mich. Ich spürte ihre Hand irgendwo auf meinem Körper.

Wie geht es dir, mein Süß?, hörte ich Ninis Stimme. Hast du Schmerzen?

Schmerzen? Wieso? Wo? Ich hatte einen trockenen Mund, meine Zunge fühlte sich an wie eine Wolldecke.

Jans Gesicht schob sich in mein Blickfeld.

Wie viele Finger?, fragte er. Hielt die Hand hoch und wackelte mit den Fingern, so schnell, dass ich nicht erkennen konnte, ob es drei oder fünf oder zwanzig waren.

Mir war schwindelig.

Jan!, sagte Mama. Was soll denn das jetzt?

Ich setzte mich auf. Nein. Ich setzte mich nicht auf. Es ging nicht. Gar nichts ging.

Schschsch, machte Mama wieder. Bleib schön liegen, Schätzchen. Alles wird gut.

Meine Zehen juckten. Ein entsetzliches Kratzen, tausend Mückenstiche waren nichts dagegen. Ich verstand überhaupt nichts mehr.

Was?, brachte ich hervor.

Alles, sagte Nini. Alles wird wieder gut. Mach dir keine Sorgen.

Du sagtest nichts. Standst still zwischen den anderen.

Durst, krächzte ich. Spürte kurz darauf einen Strohhalm zwischen den Lippen.

Kleine Schlucke, sagte Mama.

Ich fragte mich, was Schlucke waren, das Wort klang seltsam, dann kamen schlagartig die Schmerzen und trugen mich davon. Nahmen mich mit.

In den chlorophyllsatten Buchenwald, wo es friedlich war und kühl und nach Leben und Tod zugleich roch, wo der Boden federte und dumpf klang, als läge unter den Wurzeln noch eine andere Welt. Zum Bach, dessen Frische und Klarheit sich angenehm auf der Haut niederschlug, lange bevor er in Sicht kam.

Wie gut das tat auf meinem heißen Kopf.

Plötzlich wurde es hell. Ich blinzelte.

Da bist du ja wieder, sagte deine Stimme neben mir. Warte, ich mache dir einen neuen Umschlag.

Ein Luftzug über der feuchten Stirn, dann hörte ich Wasser plätschern. Das musste der Bach sein. Ich fröstelte. Höchste Zeit, dass ich wieder in die Sonne kam.

Ich trat in die Pedale. Ja, tatsächlich, ich fuhr ja Fahrrad. Das Silberne. Es war ganz neu. Hatte noch keinen Namen.

Es fuhr so leicht, so gut, so schnell.

Bergab, bergab.

An den Kuhwiesen entlang, wo die Luft süß war und schwer, wo das Grillenzirpen eins wurde mit dem Sirren der Ritzel im Leerlauf.

Fido!, rief ich, drehte mich nach euch um. Jan! Los, schneller, ihr Schnarchnasen!

Ich bin hier, sagtest du. Jan ist eben mit den anderen nach Hause gegangen. Aber er will später noch mal wiederkommen.

Ich erkannte deine Silhouette am Fußende des Betts, dein Gesicht, aber ich konnte deinen Mund nicht finden. Er rutschte im Kreis, während du sprachst, den Augen hinterher, die mir immer wieder davonglitten, sich übereinanderschoben und hin und her sprangen wie die Kugeln im Flipperautomaten unserer Stammkneipe. Und in meinem Kopf blinkten alle Lampen dazu, und es klingelte und hupte, und eine Computerstimme sagte *creepy, kooky, spooky, ooky* und rief dann *the Mamushka*. Dann waren deine Augen überall, und ich spürte, wie mir etwas sauer im Hals aufstieg.

Offenbar hatte mir jemand vorsorglich eine Nierenschale auf den Bauch gestellt. Ich spuckte in die Edelstahlschüssel, angewidert vom bitteren Geschmack meiner eigenen Galle. Mein Gehirn krachte gegen die Schädeldecke, und ich sah ein Feuerwerk. Als die Blitze nachließen, war ich wie blind.

Alles tat weh, aber wenigstens fühlte ich mich wach.

Du nahmst mir die Schüssel ab, wischtest mir mit einem feuchten Waschlappen übers Gesicht, als hättest du es schon tausendmal gemacht. Kümmertest dich um mich, ohne Ekel und ohne besorgtes Mitleid.

Du bist ganz verschwommen, sagte ich.

Und du grün und blau.

Spiegel?, fragte ich.

Du schütteltest den Kopf. Besser nicht.

Ich schloss die Augen. Konnte sowieso nicht gucken.

Kannst du mir sagen, was eigentlich passiert ist?, fragte ich.

Wir wollten mit den Rädern an den See, antwortetest du.

Der See, ja. Der in der Ferne zwischen den Feldern lag und silbrig glänzte, wie ein im Gras verlorener Teelöffel. Wir fuhren geradewegs darauf zu. Es war jetzt nicht mehr weit.

Wir waren fast da, sagtest du. Schon an den Kuhwiesen vorbei. Ich habe keine Ahnung, wie es dazu kam. Eben war noch alles gut, du warst direkt neben uns …

Wir fuhren nebeneinander; so dicht, dass wir unseren Atem hörten, dass wir uns ohne Anstrengung hätten berühren können, wenn wir gewollt hätten. Jan und du und ich.

So dicht nebeneinander fuhren wir, dass wir einen gemeinsamen Schatten warfen. Ich sah ihn, wie er ruhig an unserer Seite dahinglitt, mühelos Zaunpfähle und Gattertore überwand, kein Hindernis kannte.

Das waren wir.

Ein Schatten und eine Seele. Es war so einfach.

Wärme im Gesicht, Windtränen in den Augen und die kitzelnde Freude über den unscheinbaren, aber perfekten Moment, über alles, was war, was sein würde, was uns ausmachte.

Ich spürte den unbändigen Drang, laut hinauszuschreien. Ließ den Lenker los, streckte die Hände in die Luft. Die Gummireifen sangen. Und ich schrie.

Und dann hast du plötzlich rumgezappelt und geschrien und bist geflogen. Mann, das hat vielleicht ausgesehen, sagtest du.

Ich hob ab. Sah deinen erstaunten Blick, als ich an dir vorübersegelte, sah die Straße von oben, die in der Hitze lag wie eine müde Schlange, sah Jans gebräunten Nacken.

Ich steuerte in den wolkenlosen Himmel, auf die Sonne zu. Die mich blendete, bis alles nur noch schwarz war.

Wie schlimm ist es?, fragte ich.

Die linke Hand gebrochen, vier angeknackste Rippen, ein Bänderriss im Fuß und eine fette Gehirnerschütterung, zähltest du auf. Du warst ohnmächtig. Voll lange. Und du bist von oben bis unten eine einzige Schürfwunde.

So viele Worte auf einmal, dass ich sie kaum sortieren konnte.

Und ihr?, fragte ich müde.

Nichts passiert. Jan konnte nicht schnell genug ausweichen und ist auch gestürzt. Aber er hat nur ein dickes Knie.

Mein Rad?

Hinüber.

Und es war noch nicht mal getauft, sagte ich.

Als es ganz neu war, hattest du vorgeschlagen, es Herta zu nennen.

Wie der Fußballverein, hatte Jan gesagt.

Nee, wie die Wurst, hattest du erwidert. Und wie meine Vatermutter.

Aber da weder du noch Jan und ich deine Oma jemals kennengelernt hatten und wir zudem aus dem Alter raus waren, in dem jedes Ding einen Namen brauchte, war das Rad schlicht das Silberne geblieben. Und jetzt war es Schrott.

Hätten wir es doch Herta nennen sollen?

Hm. Vielleicht. Du nicktest abwesend.

Ich versuchte ein Grinsen, aber die Haut in meinem Gesicht schien eingelaufen und spannte schmerzhaft.

Wir schwiegen eine Weile, immer wieder fielen mir die Augen zu, doch irgendwann sagtest du in meinen dumpfen

Dämmer: Ich kapiere einfach nicht, warum das passiert ist. Da war nichts auf der Straße, was dich aus dem Gleichgewicht hätte bringen können. Nicht mal ein Kieselsteinchen. Was war denn eigentlich los?

Nichts, antwortete ich. Ich habe nur unseren Schatten gesehen. Wie damals, weißt du, und auf einmal war ich so unglaublich froh.

Wir waren dreizehn gewesen und hatten Werbeblättchen ausgetragen. Es war unser erster Job. Genau genommen war es Jans erster Job gewesen, aber wir teilten ihn, wie das meiste andere auch.

Mit Ninis altem Einkaufsroller zogen wir drei von Straße zu Straße und versorgten die Leute mit bunten Zetteln, die Bedürfnisse weckten, von denen sie noch nichts ahnten.

Knüllerpreise. Rotes Fleisch, Bier und Waschmittel im Sonderangebot. Dem sollte niemand widerstehen.

Schon nach einer halben Stunde machte es keinen Spaß mehr.

Zu viele knurrende Hunde. Zu viele verschlossene Gartentore und andauernd Ärger mit diesem widerspenstigen Trolley, der bei der kleinsten Unebenheit in Schieflage geriet. Man brauchte Fingerspitzengefühl und Geduld, um ihn zu manövrieren. Von beidem hatten wir nicht genug.

Zwei Mal hatten Flesemanns Sonderangebote schon im Dreck gelegen, und wir mussten ausschwärmen wie die Schwalben im Abendlicht, um die Werbeblättchen wieder einzufangen, die ein Windstoß schneller und weiter in der Gegend verteilte, als wir es zu Fuß jemals schaffen konnten.

Vielleicht sollten wir sie einfach fliegen lassen, sagtest du, als du den letzten Zettel aus einer Thujahecke pflücktest.

Es heißt immerhin *Flugblätter.* Und Herr Flesemann wird uns ewig dankbar sein, weil plötzlich Leute von weit her in seinen Laden kommen.

Herr Flesemann reißt uns den Kopf ab, sagte ich. Sonst gar nichts.

Kein Mensch war auf der Straße. Der Nachmittag war still und verschlafen, selbst die Vögel schwiegen.

Ich hab bald keine Lust mehr. Jan zerrte den rot karierten Wagen über eine Bordsteinkante. Und außerdem hab ich total Durst, und wir haben nichts zu trinken dabei.

Wir werden schon nicht dran sterben, sagte ich. Scott und Amundsen mussten viel schlimmer leiden. Stell dich nicht so an.

Jawohl, mein Führer!, sagte Jan.

Seine liebste Totschlagbeleidigung mir gegenüber. Zu dir sagte er so etwas nie.

Was sollte ich darauf antworten? Ich kannte keine Erwiderung, die schlimmer war als Hitler. Ich hatte nicht übel Lust, ihn zu treten.

Blödarsch!

Selber.

Ich sah mich nach dir um, wünschte mir, du würdest für mich Partei ergreifen, aber das wäre dir nie in den Sinn gekommen. Du schlugst dich niemals auf eine Seite. Du warst die Schweiz. Ließt dich einfach wortlos ein paar Schritte zurückfallen, hinter uns, unser kindisches Scharmützel. Als ginge dich das alles nichts an. Was genau genommen stimmte.

Schweigend setzten wir unseren Weg fort.

Angetrieben allein von den zehn Mark Lohn und dem Gedanken an alles, was wir uns dafür kaufen konnten. Natürlich im Vivo. Herr Flesemann gewährte uns zusätzlich drei Prozent Rabatt. Er war ein guter Geschäftsmann.

Als endlich der letzte Briefkastendeckel zufiel, lagen immer noch ein paar Blättchen im Wagen. Ich nahm sie heraus.

Und was machen wir hiermit?

Ich fragte, obwohl ich genau wusste, dass wir eigentlich noch nicht ganz fertig waren. Dass noch eine Adresse fehlte. Ich sah bewusst nicht in Richtung der namenlosen Stichstraße hinter uns.

Und dass ihr niemanden vergesst!, hatte Herr Flesemann gemahnt, als er in seinem weißen Kittel vor uns stand, uns feierlich die Werbung überreichte. Niemanden, hört ihr. Ich kontrolliere das.

Die legen wir unterwegs irgendwo hin, sagtest du. Wir waren ja überall.

Genau, sagte Jan. Los jetzt. Lasst uns die Knete holen!

Und Eis!

Und Toblerone!

Und Yps!

Nee, Bravo!

Während wir uns gegenseitig den Mund wässrig machten, schlingerte der leere Trolley hinter uns her. Jetzt war alles leicht.

Plötzlich bliebst du stehen.

Was ist denn?, fragte ich.

Ich sah dir ins Gesicht. Erkannte diese unheilvolle Mischung aus Furchtlosigkeit und Neugier, die meistens etwas Unbequemes bedeutete.

Was ist?, fragte Jan.

Wir müssen noch zu den Bekloppskis, rauntest du.

Das Wort allein machte mir Gänsehaut.

In ihm wohnten Abscheu und Faszination, sämtliches Gerede im Dorf, endlose Gruselgeschichten von Gummizellen und Zwangsjacken. Und die wirksamste aller Drohungen: Wenn du nicht aufpasst, landest du bei den Bekloppskis.

Ich drehte mich um.

Die Backsteinmauer und die mächtige schmiedeeiserne Pforte waren keine fünfzig Meter entfernt. Ein- oder zweimal hatten wir uns darangehängt, an den Stäben gerüttelt wie Gefangene und schräge Klagelaute von uns gegeben, bis sich oben, am Ende der weißen Kiesauffahrt, jemand rührte, eine Tür aufging, ein Kopf zum Vorschein kam. Dann waren wir weggelaufen, lachend, wie nach einem Klingelstreich.

Näher waren wir der Wahrheit nie gekommen.

Oh, no, sagte ich. Muss das sein? Was sollen die denn mit Werbung? Die gehen doch sowieso nicht einkaufen.

Dann basteln sie eben Papierflieger draus, ist doch egal, antwortetest du.

Oh, no, let's go!, rief Jan, streckte beide Arme in die Höhe.

Vergessen die Süßigkeiten.

Let's go crazy, riefst du. Let's get nuts!

Es gab keinen Briefkasten am Tor. Keine Klingel. Nur eine große Klinke, geformt wie eine Löwentatze.

Und jetzt?

Mal gucken.

Jans Hand auf der Tatze. Er drückte sie nach unten. Geräuschlos gab sie nach.

Es ist offen ... Er flüsterte. Die sind überhaupt nicht eingesperrt, die Irren!

Ich starrte zum Haus hinauf. Es starrte zurück. Vergitterte Fenster, dahinter kaputte Gehirne und leere Augen.

Ohne ein Wort schobst du dich an Jan vorbei. Wir folgten dir auf das Grundstück, drängten uns zusammen wie eine Schafherde außerhalb der eigenen Weide. Der Kies knirschte so laut unter unseren Füßen, dass man es bis nach Rom hörte, wie Herr Tullius immer sagte.

Wahrscheinlich bemerkten wir den Schattenmann deshalb nicht.

Ich weiß nicht, woher er kam. Er war plötzlich einfach da, unmittelbar vor uns. Ein seltsam altersloser Typ in einem verschossenen Jackett und einer unmodernen Jeans. Das Haar zurückgegelt.

He, ihr, sagte er, ihr habt was verloren.

In der Hand hielt er Jans grüne Schirmmütze.

Jan wollte danach greifen, doch der Mann zog sie weg, wedelte hoch in der Luft damit herum und setzte sie auf. Grinste.

Ich bekam feuchte Hände.

War das jetzt ein Verrückter?

Er sah eher aus wie einer von den Schnorrern, die am Bahnhof rumhingen; die zu jedem, der vorbeikam, *Haste ma ne Mark, fürn antifaschistischen Umtrunk* sagten und sich schon nicht mehr für die Antwort interessierten, wenn man erklärte, dass man leider selbst kein Geld hatte.

Leute in der Klapse hatte ich mir anders vorgestellt. Beunruhigender. Wahrscheinlich wohnte er gar nicht hier. War auch nur zu Besuch.

Das ist seine Kappe, sagtest du, zeigtest auf Jan.

Der Mann wiegte den Kopf und sah plötzlich starr an uns vorbei.

Ich widerstand dem Drang, mich umzusehen. Das war bestimmt ein Trick.

Er lächelte amüsiert, als würde hinter uns ein Hund auf zwei Beinen vorbeimarschieren.

Besonders besonders, sagte er. Drei Kinder und nur ein Schatten. Die müssen sich sehr gut verstehen. Ein Schatten und eine Seele, wie man so sagt.

Er sprach so schnell, dass die Worte beinahe übereinander fielen, kaum Sinn ergaben.

Wovon redete er? Meinte er uns?

Er streckte den Arm aus. Sein Zeigefinger, mit dem er auf einen Punkt hinter unserem Rücken deutete, lenkte unsere Augen, wir konnten nicht anders, als ihm zu folgen.

Auf dem Kies breitete sich ein großer, unförmiger Fleck aus. Als hätte jemand einen Eimer Wasser ausgeschüttet. Aber es war ein Schatten.

Einer, tatsächlich, nicht drei.

Guckt mal, das sind wir, sagtest du.

Jan hob einen Arm und winkte, um sich in dem grauen Fleck bemerkbar zu machen, doch er veränderte sich nicht. Wir waren gemeinsam darin verschwunden, etwas Neues, Anderes geworden und einzeln nicht mehr da.

Ja. Das seid ihr, sagte der Mann. In Wirklichkeit. Ein Schatten und eine Seele. Der Schatten ist der Sitz der Seele, wisst ihr.

Ich starrte hin und glaubte, was er sagte, glaubte, was ich sah, ohne es wirklich zu verstehen. Fühlte das Mehr und das Weniger darin wie ein Achterbahnkribbeln im Bauch. Eine aufregend schöne Qual.

Der Mann kam noch einen Schritt näher.

Ich sammle nämlich Schatten, müsst ihr wissen. Ich habe viele davon.

Wie kann man die denn sammeln?, fragtest du.

Das geht doch gar nicht, sagte Jan.

Doch, doch, entgegnete der Mann eilig. Das geht sehr gut, man muss sie nur im richtigen Moment einfangen, wisst ihr.

Katzenartig sprang er auf unseren Schatten zu, die blassen Hände ausgestreckt, als wollte er ihn fassen.

Seht ihr?, rief er, lachte keckernd. Da!

Seine lang gezogene Silhouette zeichnete sich neben unserer auf dem Weg ab, und es sah aus, als hielte er uns an der Leine wie einen Hund.

Kommt, rief er, und die Leine schien sich aufmunternd zu bewegen. Ich zeige euch meine Sammlung. Wollt ihr sie anschauen?

Du wolltest unbedingt. Ich konnte es dir ansehen. Du wolltest mehr wissen, vielleicht auch über Schatten, aber auf jeden Fall über die Bekloppskis.

Kommt mit mir mit. Habt keine Angst, ich bin nicht böse. Geister und Teufel werfen keine Schatten. Warum, fragt ihr? Sie haben keine Seele. Darum.

Die feinen Härchen an meinen Armen stellten sich auf wie Igelstacheln bei Gefahr. Teufel, Geister. Das wurde mir alles zu viel.

Ich nahm meine Kraft zusammen und deine und Jans noch ungebeten dazu und sagte so entschlossen wie möglich: Wir müssen jetzt leider gehen. Wir sind eigentlich nur hier, um Werbung einzuwerfen. In den Briefkasten. Vom Heim.

Mist. Durfte man *Heim* sagen? Ich hielt ihm die verknickten Zettel hin. Das Papier klebte an meiner Hand, zitterte im Takt meines schnellen Herzens. Doch er beachtete mich nicht.

Schade, schade. Sehr schade. Ich bin sicher, sie hätten euch gefallen, sagte er, aber er meinte nicht uns, er meinte dich.

Er witterte dein Verständnis, dein Interesse, hatte bemerkt, dass bei dir die Tür zu seiner Welt einen Spalt offen stand.

Du lächeltest ihn an, als wolltest du sagen: Heute geht es wirklich nicht, aber ein anderes Mal gerne, wie wäre es nächsten Mittwoch?

Ich war erleichtert, dass Jan sich zu Wort meldete, bevor du uns noch in eine Verabredung manövriertest.

Meine Mütze, sagte er.

Ach, die Mütze, ja.

Der Mann nahm sie ab, drehte sie zwischen den Fingern, strich über das aufgestickte John-Deere-Logo und hielt sie dir hin, doch Jan schnappte sie weg wie ein Tier seine Beute. Klopfte sie unwillkürlich an seiner Hose ab. Schüttelte das Fremde, das Andere hinaus.

Also … Ich bewegte mich aufbruchbereit. Wir müssen dann mal …

Da kommt jemand, sagtest du.

Eine Frau ging mit federnden Schritten den Weg herunter, geradewegs auf uns zu. Sie war bunt, trug alle Farben des Regenbogens.

Wer ist das?, fragte Jan.

Der Schattenmann wandte den Kopf, langsam, fast benommen, als wachte er aus einem Traum auf. Er erblickte die Frau, und von einer Sekunde zur nächsten verwaiste sein Gesicht. Ausdrucksleer, wie ein verlassenes Haus. Fensterläden zu. Bewohner verreist. Ein winziges Beben ging durch seinen Körper. Es dauerte nur einen Wimpernschlag, dann stand da plötzlich ein anderer vor uns: ein junger Mann Anfang zwanzig, die eine Hand lässig in der Hosentasche, ein Grinsen auf den Lippen.

Das ist Franka, sagte er und zog eine Zigarette aus seiner Brusttasche. Mit einem Klingen ließ er sein Zippo aufspringen.

Auch eine?, fragte er dich.

Du schütteltest den Kopf.

Franka grüßte uns freundlich. Unsere Anwesenheit schien sie weder zu verwundern noch zu stören.

Na, Siggi, sagte sie, berührte leicht seinen Arm. Du hast den Kindern doch hoffentlich keine Angst gemacht?

Er blies den Rauch aus.

Ich wollte ihnen gerade den Briefkasten zeigen, erklärte er. Sie bringen Werbung.

Ah, sagte sie, das ist gut. Alle hier lieben Werbung. Und Besuch. Geht ruhig mit. Siggi kennt sich bestens aus.

Sie zeigte zum Haus, machte eine aufmunternde Geste.

Zögernd setzten wir uns in Bewegung. Der Schattenmann schlenderte neben uns her, rauchte ruhig und sah ein bisschen aus wie ein armer Don-Johnson-Verschnitt.

Sind Sie eigentlich verrückt?, fragtest du schließlich.

Ich kniff dich in den Arm. Es kümmerte dich nicht. Du zucktest die Achseln, hattest längst beschlossen, dass Verrücktsein nichts Außergewöhnliches war.

Na ja. Sind wir nicht alle ein bisschen ... na, irgendwie ... bluna?, sagte er und rollte mit den Augen.

Du lachtest, als wüsstest du genau, wie es sich anfühlte.

Apropos. Haben Sie zufällig Limo da?, fragte Jan. Wir haben total Durst.

Natürlich haben wir Limo. Logo.

Siggi öffnete die Eingangstür, bat uns herein wie hohe Gäste, mit Verbeugung und großer Geste, ins Zuhause der Bekloppskis.

Ein Geruch nach Braten und Desinfektionsmittel schlug uns entgegen. Irgendwo klapperten Töpfe, und eine Frauenstimme sang hoch und klar *Jesus meine Zuversicht* in die hallende Stille der Korridore.

An der Schwelle blieb ich stehen. Sah mich noch einmal nach unserem Schatten um. Er hatte sich aufgelöst.

Aber wir waren noch da, alle drei.

Kommst du?, sagtest du, mit einem Blick über die Schulter.

Die Luft stand im Raum, obwohl das Fenster weit geöffnet war. Schwül drängte sich der Sommer herein, machte mir das Atmen noch schwerer, als es wegen der angeknacksten Rippen ohnehin schon war.

Du fragtest nicht, von welchem Schatten ich sprach, sagtest nicht, du hättest keine Ahnung, was ich meinte, sondern schwiegst dich aus über meine Liebeserklärung an unsere Freundschaft. Hocktest still auf dem Stuhl neben meinem Bett, die Knie hochgezogen, das Kinn darauf abgestützt, und sahst mich an.

Bleibst du noch ein bisschen?, fragte ich.

Klar, antwortetest du. Wenn du willst.

Schach, sagt Fränzi.

Ole grunzt.

Matt, ergänzt sie.

Er starrt einen Augenblick auf seinen von Feinden umzingelten König, dann nimmt er ihn vorsichtig zwischen Daumen und Zeigefinger und legt ihn hin. Ein geschlagener Held, aber ein aufrechter Verlierer, auch wenn er nicht damit gerechnet hat.

Nicht schlecht, sagt er.

Ja, ich hatte auch erwartet, dass du früher verlieren würdest. Im siebten Zug, mit dem Springer weg von F6, lag die statistische Chance, innerhalb von drei weiteren Zügen matt zu sein, bei über achtzig Prozent.

Fränzi greift nach ihren Kopfhörern, drückt sich die Stöpsel in die Ohren, fügt aber noch hinzu: Sag Bescheid, falls eine Revanche erwünscht ist. Und schon ist es, als wären wir nicht mehr da. Versunken beschriftet sie die zahllosen Plastiktütchen, in denen sie ihre Schneeproben sammelt, eins nach dem anderen, ohne auch nur noch ein Mal den Blick zu heben.

Ich glaube, ich bin jetzt bereit für Skat, sagt Ole. Oder ist hier ein heimlicher Deutscher Meister anwesend? Dann lese ich nämlich lieber weiter *Perry Rhodan*.

Ich bin bloß Niedersachsen-Meister, sagt Zappa.

Es ist wie im Absurden Theater. Langsam lösen wir uns auf im Unsinn des Seins. Mit jeder Minute, die untätig vergeht, wird die Absonderlichkeit unserer Anwesenheit an diesem Ort spürbarer, und wir werden immer kleiner und lächerlicher.

Welche Wahl bleibt mir? Ich habe es ja selbst vorgeschlagen. Entweder du machst mit, oder du klatschst Applaus, hat Jan immer gesagt. Ich ziehe die Mundwinkel breit und zeige Zähne.

Dann mal her mit den Karten, sage ich.

Wir spielen die Zeit an die Wand und die Gedanken tot, verteilen Karten gegen die Leere. Nach drei Runden liege ich uneinholbar vorne. Sage Dinge wie *Aus jedem Dorf ein Köter* und *Ein Herz hat jeder* und freue mich über Zappas unzufriedenes Gebrumm, weil Ole sein Aufspiel hoch schmiert, anstatt niedrig abzuwerfen. Mit einer Karo-Neun steche ich ab und schiebe die Karten zusammen.

Das war doch mal nett. Die Firma dankt!

Ich spiele das Kreuz-Ass aus, lasse es mit einer kleinen Bewegung aus dem Handgelenk auf den Tisch fliegen, und dann ist die Textzeile da, noch bevor die Karte auf dem Tisch landet:

Je suis l'as de trèfle qui pique ton cœur, l'as de trèfle qui pique ton cœur, l'as de trèfle qui pique ton cœur, Caroline.

Die Melancholie der ersten Töne, dann das ziehende Sehnen nach dem, was wir für Liebe und Leben hielten. Auf deinem Gesicht liegt die französische Mittagssonne. Hinter dir die Düne von Arcachon, hoch und weiß wie ein Eisberg. Du neigst den Kopf, sprichst leise den Text mit: Du passé, du présent, je l'espère du futur, je suis passé pour être présent dans ton futur.

Ein Lied in Dunkelbunt. Aus heutiger Sicht klingt es wie ein Menetekel.

Du musst dich in diesem Moment bereits entschieden haben, schon gewusst haben, dass du gehen wirst.

Zappa trumpft geräuschvoll, und der Stich geht an ihn. Er spielt Pik an. Ich schaue in mein Blatt, sehe Schwarz und Rot und kann mich nicht entscheiden.

Was hast du dir bloß gedacht damals?

Was war der Grund? Was hatte ich, hatte Jan gesagt oder getan, das dich derart verärgert, vertrieben hatte?

Waren wir denn nicht unschlagbar gewesen? Das seltene, kraftvolle Gleichgewicht der Dreiheit – hatten wir es nicht zehn Jahre lang gehalten, eine Kindheit, eine Jugend lang? Kaum ein Tag, an dem wir uns nicht sahen, kaum ein Gedanke, den wir nicht teilten. Und unsere Pläne! Die WG in Hamburg, das gemeinsame Studium. Forscher wollten wir werden, Entdecker – war das alles nichts wert? Nicht einmal *ein* Wort?

Gespräch für Gespräch, Minute für Minute, Moment für Moment habe ich mich immer wieder durch meine Erinnerung geäst und konnte doch nichts Nahrhaftes finden. Nichts, was darauf hinwies, warum du uns nicht mehr kennen wolltest.

Fast zwei Jahre habe ich dieses große Warum mit mir herumgetragen – wie dein Vater damals seine Gallensteine, klein, gelb, gemein, die ihn schließlich mitten in der Seligpreisung der Leidtragenden zusammenklappen ließen. Gott, was haben wir darüber gelacht. Aber das Warum, das du mir hinterließt, war schlimmer als Gallensteine. Ein Hirngeschwür, das auf jeden Gedanken drückte und nur schwer in den Griff zu bekommen war. *Du* warst schwer in den Griff zu bekommen. Deine Abwesenheit. Die meine Einsamkeit war.

Du bist dran, Hanna.

Ich werfe Herz ab.

Hast du wirklich kein Pik mehr?, fragt Ole.

Zwischen den anderen Karten lächelt mich der Pik-König an.

Sorry, sage ich und tausche die Karten. Habe ich übersehen.

Das Karussell fährt wieder. Die alten Gefühle, die alten Fragen drehen sich im selben Kreis wie früher. Sehnsucht, Trauer, Unverständnis und Stolz hocken auf ihren Holzpferdchen, winken mir bei jeder Runde zu. Immer weiter, immer weiter. Neue Fahrt, neues Glück.

Und ich hatte gedacht, ich hätte es für immer stillgelegt. Damals. An jenem Morgen, als ich mit einem Sonnenstrahl auf dem Kissen und dem kribbelnden Gefühl sommerlicher Unternehmungslust aufwachte – einem Morgen, um jubelnd aus dem Bett zu springen – und nicht anders konnte, als ihn zu hassen. Dich zu hassen, weil du nicht da warst, um ihn zu teilen. Mich zu hassen, weil ich mich nicht daran freuen konnte. Ich schaute aus dem Fenster meines WG-Zimmers, hinaus in diesen schrecklich schönen Junitag, über die Köpfe der gut gelaunten Leute, die sich unten auf der Straße auf ihre Räder schwangen, um an die Alster zu fahren. Oder zum Hafen. In den Park. Leute, die lachten und Picknicktaschen auf dem Gepäckträger festschnallten. Minutenlang sah ich mir das an. Dann fasste ich einen Entschluss. Ich riss das Fenster auf und brüllte mit aller Kraft hinaus: Du kannst mich am Arsch lecken!

Und erklärte dich für tot.

Räumte alles, was mit dir zu tun hatte, in den Keller und verschenkte meine LPs. Ich entwarf eine innere Landkarte mit verbotenen Orten (Regensburg, Frankreich, zu Hause), Menschen (Jan, Mama, Nini, Herr Tullius, eigentlich alle von zu Hause), Tätigkeiten (Kino, Kiffen, Schlittschuhfahren) und Gedanken (ungefähr alles, was mit früher zu tun hatte), lernte sie auswendig wie ein Taxifahrer einen

Stadtplan und begann ein neues Leben, in dem du nicht vorkamst, nicht einmal als Sackgasse. Nach Hause fuhr ich von nun an nur noch zu den Feiertagen, und wenn Jan aus seinem neuen Bankerleben anrief, legte ich schnell wieder auf. Anders wusste ich mir nicht zu helfen, um dich zu vergessen.

Und du?

Hast du Jan und mich auch vergessen? Hast du nie ein schlechtes Gewissen gehabt? Uns nie vermisst?

So viele Fragen. Zu spät, sie zu stellen.

Der Rest gehört mir, sagt Ole und wirft sein Blatt auf den Tisch.

Ich reibe mir über die Stirn, schaue in meine Karten.

Sollen wir lieber aufhören?, fragt Zappa. Ich muss sowieso noch mal raus. Die Lage checken.

Gleichgültig zucke ich die Achseln.

Jetzt, wo ich ein Mal gewinne?, mault Ole. Was soll denn sein? Du hast doch alles perfekt gesichert.

Ich glaube, ich habe was gehört.

Es rappelt an allen Ecken. Selbst die ineinandergestapelten Töpfe neben dem Kocher klappern, die Zeltwände, die Leinen schwirren. Der Wind beschert uns die Geräuschkulisse einer Großbaustelle. Jedem anderen, der behauptete, darin einen besonderen Laut ausgemacht zu haben, würde ich Hybris unterstellen, aber Zappa kennt seine Gerätschaften, ihr Eigenleben, ihre Stimmen.

Ole fläzt auf seiner Kiste, die langen Beine quer durchs Zelt gestreckt. Es ist sein Job, Zappa zur Hand zu gehen, doch er unternimmt keine Anstalten, aufzustehen.

Na los, sage ich. Beweg deinen Hintern! Fränzi und ich machen in der Zeit etwas zu essen. Oder, Fränzi?

Sie blickt von ihren Plastiktütchen auf. Es ist, als materialisierte sie sich immer erst in dem Moment, wenn man sie anspricht.

Kannst du kochen?, frage ich.

Ich beherrsche vier Gerichte, die wir aus unserem Vorratsangebot zubereiten können.

Gut. Eins davon machen wir.

Welches?

Das, was du am besten kannst, sage ich und merke, dass mein Lächeln in meinem Gesicht hängt wie ein verrutschter Karnevalsbart.

5

Ole steigt ins Zelt, ohne sich abzuklopfen.

He, schimpfe ich. Du machst alles nass.

Tschuldigung. Aber ich hab einen Riesenhunger. Er macht sein Urmelgesicht, entwaffnend arglos, und ich schüttle mütterlich den Kopf.

Alles in Ordnung da draußen?

Fehlalarm. Ich habe mich wohl geirrt, sagt Zappa und schiebt sich die Kapuze vom Kopf. Die dunklen Haare stellen sich elektrisch auf.

Ole hält das Gesicht in den herzhaften Dampf, der aus dem Topf aufsteigt.

Hmmm, riecht gut. Was ist das?

Klein gehackte Heinzelmännchen, sage ich. Heigh-Ho!

Fränzi straft mich mit einem strengen Blick.

Wir haben auf Basis von Corned Beef und Kartoffeln einen Brei hergestellt, wie ihn früher vor allem Seeleute aßen, erklärt sie. Die mit Skorbut. Weil ihnen die Zähne ausfielen.

Klingt ja superlecker, sagt Ole.

Ist es auch, sage ich.

Mama machte Labskaus mit Corned Beef aus einer Dose,

die man mit einem speziellen Schlüssel aufdrehen musste. Allein darum mochte ich es. Und wegen der Cornichons. Du liebtest vor allem die Rote Bete, die pinkfarbenen Flüsse, die der Saft in den mit der Gabel gezogenen Püreelandschaften bildete. Salomon der Weise spricht, mit dem Essen spielt man nicht.

Ich ziehe mein Funkgerät aus der Tasche und drücke den roten Knopf.

Hanna für Thomas, spreche ich ins Rauschen. Essen ist fertig.

Es bleibt still.

Thomas? Bitte kommen.

Er antwortet nicht.

Ich wiederhole, Hanna für Thomas. Melde dich.

Nichts.

Die Stille im Lautsprecher wächst zu uns ins Zelt und mit ihr sämtliche Horrorvisionen, sie dehnen sich aus, schneller, als ich sie zu Ende denken kann: Thomas' müder Blick, dieses seltsame Oates-Gefühl, das ich plötzlich hatte, der Sturm, der Whiteout. Bei dieser Witterung darf eigentlich niemand alleine nach draußen. Warum ist keiner mit ihm mitgegangen? Wenn er jetzt nicht in seinem Zelt ist! Wie viele Stunden sind verstrichen, seit wir ihn zuletzt gesehen haben? Wie stehen seine Chancen? Vielleicht haben Zappa und Ole ihn vorhin übersehen. Womöglich lag er irgendwo, vielleicht hätten wir ihn noch retten können! Wenn es jetzt zu spät ist?

Ich sehe Zappa an. In unserem Blick kreuzen sich auch unsere Gedanken. Wortlos zieht er seine Sturmhaube wieder auf. Ich greife nach meiner.

Und was ist mit den Heinzelmännchen?, ruft Ole, als ich den Reißverschluss hinter mir zuziehe.

Als Erstes sehe ich das Blut.

Überall Klopapierfetzen in Dunkelrot, ein vollkommen verflecktes T-Shirt neben dem Bett, selbst auf dem Schlafsack sind Blutsprenkel.

Der Geschmack von rostigen Nägeln im Mund. Kommt wahrscheinlich vom Geruch. Ich kann Blut riechen. Wie ein Hai, hast du immer gesagt. Ich zwänge mich auf Knien ins Zelt. Schnüffle. Aber es riecht nur nach Schlaf und verbrauchter Atemluft.

Thomas!, rufe oder flüstere ich in den dämmrigen Raum, schwer zu sagen, denn meine Stimme ist außerhalb meines Kopfes.

Keine Reaktion.

Zappa schiebt sich neben mich, sperrt schnell die Naturgewalten aus, die schon machtvoll hinter ihm hereindrängen.

Rück mal rüber.

Wie soll ich Platz machen, wo keiner ist?

Wir knien neben Thomas. Er hat sich ganz in seinem safarifarbenen Kokon verkrochen. Sieht aus wie eine Erdnuss, höre ich mich denken. Kratze mich am Kopf. Was für ein Unsinn.

Zappa rüttelt am Fußende des Schlafsacks.

Hey, Mann.

Ein Wimmern aus der Tiefe des Schlafsacks.

Er lebt noch, stellt Zappa fest.

He! Was ist denn los?, frage ich. Ist alles in Ordnung?

Langsam kommt Thomas' Kopf zum Vorschein. Die Frisur wirr, der Blick ebenfalls, und aus beiden Nasenlöchern hängen weiße Papierfahnen. Der Anblick ist so kläglich wie komisch. Erleichterung bahnt sich ihren Weg. Ich pruste los.

Echt jetzt, Hanna, stöhnt Thomas und dreht sich auf die Seite. Hat dir niemand beigebracht, dass man Leidende nicht auslacht?

Entschuldige, sage ich, huste. Entschuldige. Es ist nur … dein Funkgerät war aus. Wir haben uns Sorgen gemacht.

Wie zum Beweis lege ich ihm den Handrücken an die Stirn, dann die Handfläche an die Wange.

Er schließt die Augen.

Fieberhaut, Fünftagebart und schweißnasse Koteletten. Als meine Hand plötzlich tröstend darüberstreichen, seine Haare entwirren will, ziehe ich sie schnell zurück.

Zappa räuspert sich.

Essen ist fertig, sagt er.

Äh … genau, sage ich. Fränzi und ich haben gekocht. Labskaus, oder so was in der Art.

Hört sich total verlockend an, sagt Thomas. Aber ich habe leider keinen Hunger.

Ein neuer Sturmangriff beugt das Zelt, zwingt uns, die Köpfe einzuziehen und die Schultern, bis wir übereinanderliegen wie ein verwehter Laubhaufen im Herbst. Zappa versucht, mir nicht ins Gesicht zu atmen. Mein Knie in fremden Weichteilen, ein Ellenbogen an meiner Brust.

Ihr erdrückt mich noch!, ächzt Thomas und schiebt uns von sich.

Du brauchst ein größeres Zelt, sage ich.

Bislang hat es immer gereicht.

Er setzt sich auf, rauft sich die Haare. Mit spitzen Fingern pflückt er die schleimigen Papiertücher aus der Nase.

Ist das ekelhaft, sagt er. Sorry.

Ich kann nicht wegschauen. Mein Blick klebt am Blut. Dieses Rot. Diese irre Farbe.

Macht mir nichts, sage ich.

Ein Mann mit langem Schnurrbart kam ins Studio, Applaus. Er schrieb seinen Namen an eine Tafel, verbeugte sich.

Es geht los, riefst du.

Schon unterwegs, antwortete Herr Tullius.

Er kam mit einem voll beladenen Tablett aus seiner kleinen Küche. Es gab Chips, Schogetten und Cola, wie immer, wenn wir sein Sofa okkupierten. Bedächtig platzierte er die Gläser auf kleinen Korkuntersetzern und die Chipsschüssel auf dem Häkeldeckchen. Die Schogetten waren am Stern geviertelt. Das tat er immer, damit wir mehr davon hatten. In jedem anderen Haus hätten wir all das unerträglich spießig gefunden, aber bei ihm gehörte es dazu. Wie er zu uns gehörte.

Schön, schön, sagte er und ließ sich mit einem Stöhnen in seinen Fernsehsessel sinken. Jetzt machen wir es uns gemütlich. Der Fußteil klappte hoch.

Die Heizung gluckerte behaglich, während sich vor dem Fenster des Gärtnerhauses die kalte Januarnacht unter Bäume und Sträucher duckte. Dort draußen gab es heute Abend für uns nichts zu verpassen.

Dann wollen wir Sie erst einmal vorstellen, sagte Robert Lembke aus dem Fernseher.

Der Gong erklang, der Beruf des Mannes wurde eingeblendet. Ich streckte mich nach dem Knabberzeug, nahm mir eine Handvoll.

Mann, jetzt habe ich den Beruf nicht gesehen, beschwerte sich Jan.

Dann musst du eben besser hingucken.

Wie denn? War Papa vielleicht Glaser?

Psst jetzt!, machtest du, und Herr Tullius stellte den Ton lauter.

Wir verstummten, schauten artig auf die Mattscheibe.

Die Fragerunde begann.

Gehe ich recht in der Annahme, dass …? Stellen Sie etwas her? Machen Sie Menschen eine Freude? Könnte auch ich Ihre Dienstleistung in Anspruch nehmen?

Nein. Nein. Nein. Nein. Fünfmarkstücke klapperten schwer in den ausgewählten Schweinebauch.

Der Schnurrbartmann lächelte. Ich beneidete ihn; ein bisschen um das Geld – ich war noch nie in der luxuriösen Lage gewesen, einen Heiermann übrig zu haben, den ich in mein Sparschwein hätte werfen können. Fünf Mark waren ein Abend im Billardpub. Ein Mal Kino. Eine Pizza Margherita mit Oliven. Zu wertvoll zum Sparen –, aber vor allem beneidete ich ihn darum, dass er es so weit gebracht hatte.

Ich finde, er sieht aus wie ein Busfahrer, sagte Jan.

Quatsch, sagte ich. Man muss schon einen außergewöhnlichen Beruf haben, um eingeladen zu werden.

Wie ich euch kenne, gelingt euch das auch irgendwann, sagte Herr Tullius. Er nahm einen Schluck von seinem Bier. Schon jetzt so stolz, als wäre es bereits so weit.

Als Gürtelschnallenhersteller oder als Champignonzüchter? Oder was man sonst noch alles werden kann, sagtest du, ließt die Augen kreisen wie eine Comicfigur. Ich kann mich gar nicht entscheiden, ist alles so schön bunt hier!

Wir werden doch Entdecker, sagte ich.

Entdecker ist kein Beruf, entgegnete Jan.

Polarforscher, meine ich.

Ohne den Blick von Hans zu wenden, der noch immer im Dunkeln tappte, fragte Herr Tullius: Polarforscher? Habt ihr diese fixe Idee tatsächlich immer noch?

Eine kalte Dusche mit dem Gartenschlauch. Unerwartet

aus dem Hinterhalt und mitten ins Gesicht, wie er es früher manchmal gemacht hatte, an Kindersommertagen. Dann schrie man laut auf, stand für einen Moment schockiert und tropfend da, doch die Welt war schnell wieder in Ordnung, denn die Sonne schien und die Kirschen waren reif.

Früher hätte ich mir vielleicht nichts daraus gemacht, so abgetan zu werden. Aber wir waren keine Kinder mehr. Spielten schon lange nicht mehr Scott und Amundsen, sondern demonstrierten für Umweltschutz, für Klimaforschung und gegen das Ozonloch. In eineinhalb Jahren würden wir Abitur machen und dann studieren. Du Meeresbiologie, Jan Geologie und ich Geophysik – so war es ausgemacht. Du liebtest Experimente, Jan die Analyse, ich die Theorie. Wir würden ein unschlagbares Team, dessen war ich mir sicher.

Das ist keine fixe Idee, erwiderte ich. Das ist ein Plan.

Aber noch mehr Pole gibt es wohl kaum zu entdecken?

Hanna meint, wir entdecken etwas anderes, erklärte Jan. Unter dem Eis in der Antarktis. Irgendwas ganz Grandioses. Womit keiner rechnet. Einen See oder so.

Sieh an, sieh an, schmunzelte Herr Tullius.

Hier stand ich begossen auf dem Rasen, und niemand kam, um mich abzutrocknen.

Da stießt du mich mit dem Ellenbogen an.

Jetzt kommt dein Guido, sagtest du. Stecktest dir ein paar Chips in den Mund.

Irritiert wandte ich mich dem Fernseher zu.

Guido mochte ich am liebsten. Wie er leicht vorgebeugt dasaß, vorsichtig seine Theorie formulierte, mit einem schelmischen Lächeln in den Augen, erschien er mir immer sehr vertrauenswürdig. Bestimmt wäre Papa so einer gewesen wie er. Humorvoll und klug. Wenn er noch da gewesen wäre, hätten wir mit ihm das *Heitere Beruferaten* geschaut, und er wäre mit den Antworten immer noch ein bisschen schneller als Guido gewesen. Außerdem hätten wir mit ihm über die Zukunft gesprochen, nicht mit Herrn Tullius. Unserem Gärtner. Der sowieso von alldem keine Ahnung hatte. Papa hätte mich bestimmt ermutigt und bestärkt.

Dann sind Sie also vielleicht ein Teeverkoster?, mutmaßte Guido jetzt.

Nein. Ein Teeverkoster ist er nicht, sagte Lembke. Klappte die Acht um. Schon vierzig Mark im Schwein und keine Lösung in Sicht.

Oh Mann. Der Typ ist so ein Idiot, sagte Jan.

Hast du vielleicht eine bessere Idee?, fragte ich, um Guido zu verteidigen, oder unseren Plan, aber am meisten mich.

Hm?

Na, was wir werden sollen!

Jan schwieg.

Und du zeigtest nur kauend auf den Fernseher. In die deutsche Ordnungsseele, in das beamtenstubenartige Studio, wo bunte Sparschweine in Reih und Glied standen und niemals etwas Ungeplantes passierte.

Gleich haben sie es raus!, sagtest du. Sie sind ganz kurz davor.

Ich wollte dich schütteln und schlagen, treten und kneifen. Diese Sendung war doch im Grunde die Antithese zu allem, was du vertratest, wofür du kämpftest. Der Inbegriff deiner Abscheu. Was gab es denn dort so Wichtiges zu sehen?

Ich habe keine Lust mehr auf euer Beruferaten, sagte ich. Kämpfte mich aus dem tiefen Sofa.

Herr Tullius warf mir einen Blick zu.

Mach dir nichts draus, Hanna, sagte er. Du weißt doch, viele Wege führen zu Gott. Und jeder geht seinen eigenen.

Gott kann mich mal, erwiderte ich und ging in die Küche.

Die Kirche war bis zum letzten Platz gefüllt.

Von der Empore sang der Chor *Schmücke dich, o liebe Seele* auf unsere Köpfe herunter, unsichtbar für uns in der ersten Reihe, wie Stimmen aus dem Himmel, und wahrscheinlich hätte ich mich dieser Vorstellung mit ein bisschen Gänsehaut einfach überlassen, wenn sich nicht beim *denn der Herr voll Heil und Gnaden* die Stimme deiner Mutter so unverkennbar über die anderen geschwungen hätte, sich an ihnen vorbeikämpfte, wie ein Hundertmeterläufer auf der Zielgeraden.

Frau Pfarrer und ihr schrilles Vibrato. Jeder hörte es, jeder erkannte es.

Sicherheitshalber sah ich nicht zu dir hinüber. Heute war kein Tag zum Lästern und Augenverdrehen. Heute war es ernst. Ich stierte also lieber leer auf die schief hängenden Zahlen an der Liedtafel, auf die 5 bei 218 1+5, die sich so weit zur Seite neigte, dass sie fast zu einem mathematischen Ungefähr wurde, rekapitulierte im Kopf *den einzigen Trost im Leben und im Sterben* und wäre am liebsten aufgestanden und gegangen. Aber das kam natürlich nicht infrage.

Wir waren sieben Mädchen und vier Jungen. Saßen gestriegelt und zurechtgemacht nebeneinander wie nach dem Alphabet sortierte Zirkusponys. Jan war der Einzige, der im Anzug nicht verkleidet aussah. Du warst die Einzige mit einem weißen Kleid.

Es sah aus wie ein Punker-Brautkleid. Als hättest du es

mit der Nagelschere abgeschnitten, hingen die einzelnen Stofflagen ausgefranst über deine Knie.

Mich hatte Mama mit einem schwarzen Faltenrock und einer weißen Bluse ausstaffiert. Dazu trutschige Omaschuhe. Ich fand, ich hatte mehr Ähnlichkeit mit der Kellnerin im Gasthaus Krone, der die Stammtischmänner immer auf den Hintern klapsten, als mit einer stolzen Konfirmandin.

Und ich war stolz. Oder? Hatte man dann so feuchte Hände?

Mir fielen die Mädchen in Indien ein, die in unserem Alter an fremde Männer verheiratet wurden, weil es der Tradition entsprach. Ein bisschen fühlte ich mich so. Als sollte ich einem großen Unbekannten übergeben werden. Ich würde gefragt werden, ob ich im Glauben annehmen wolle, was der Herr in der Taufe mir geschenkt hat, und ich würde zustimmen. Weil ich ja irgendwie daran glaubte. Weil es sich so gehörte. Außerdem, weil Jan und ich dringend eine eigene Stereoanlage brauchten, darin waren wir uns einig. Nini behauptete, von unserer Musik ginge der alte Dual im Wohnzimmer bald kaputt.

Das Lied zog sich in die Länge.

In mir zuckte die Ungeduld. Meine Füße fingen an zu kribbeln, wollten wackeln und zappeln. Ich rollte die Zehen auf, soweit es in den engen Schuhen möglich war.

Ein schneller Blick nach hinten.

Ein Meer aus Elterngesichtern, erwartungsvoll und feierlich, ziemlich weit hinten Mama und neben ihr Herr Tullius. Sie sahen aus wie ein Theaterehepaar. Herr Tullius schien kurz davor, einzuschlafen, er hatte die Augen geschlossen und machte komische Bewegungen mit dem Mund. Mama lächelte mich an, nickte. Nini war zu Hause geblieben, um das Essen vorzubereiten und niemanden in Verlegenheit zu bringen, wie sie sagte.

Wieso? Glaubst du denn nicht an Gott?, hatte ich sie am Morgen gefragt.

Weißt du, mein Süß, hatte sie geantwortet und die Schleife ihrer Schürze vor dem Bauch festgezogen, in meinem Alter braucht man dafür keine Kirche. Gott und ich, wir machen das unter uns aus.

Ich hätte die Sache mit dem *wahren Glauben* auch lieber mit Gott direkt ausgemacht, aber der hatte Pfarrer Menzel dazwischengeschaltet, und dieser wiederum verwies auf Frage 21 des Heidelberger Katechismus.

Der Pfarrer.

Als die letzten Orgeltöne verklangen, erklomm er die Kanzel. Schaltete das Mikrofon ein. Das entschiedene Geräusch, als er seine Bibel auf dem Lesepult ablegte, schallte durchs Kirchenschiff. Ehrfürchtig schauten wir zu ihm hinauf.

Dieser Mann sollte dein Vater sein.

Unvorstellbar.

Nicht nur, weil er im Konfirmandenunterricht mit ausgestrecktem Zeigefinger auf dich wie auf alle anderen zeigte und *du da* sagte, als wüsste er auch deinen Namen nicht. Sondern vor allem, weil er so durch und durch Amt und Würden war.

Jan und ich kannten ihn nur im schwarzen Talar mit dem weißen Beffchen. Sahen nie mehr von ihm als seinen Kopf und die Schaufelhände, die aus den weiten Ärmeln des Ornats ragten, als wären sie eigenständige Wesen. Seine Füße kamen nie zum Vorschein. Wer wusste schon mit Sicherheit zu sagen, ob er überhaupt welche hatte. Er schien über den Boden zu schweben.

Bei unseren seltenen Besuchen im Pfarrhaus begegnete er uns nie. Kaum auszudenken, dass er dort ein normales Leben führte, mit jenen normalen Hosen und Hemden am Leib, die deine Mutter in der Waschküche bügelte, und den braun karierten Hausschuhen, die immer am selben Platz unter der Garderobe standen. Dass er mit dir frühstückte oder fernsah oder den Garten umgrub. Dass er etwas anderes sein konnte als Achtung gebietend.

Christus hat mir und allen Gläubigen befohlen, zu seinem Gedächtnis von dem gebrochenen Brot zu essen und von dem Kelch zu trinken …, begann er seine Predigt.

Sofort erfüllte seine Tenorstimme den ganzen Raum. Altertümliche Begriffe. Gewichtige Worte. In sakralem Singsang vorgetragen, war es noch schwerer, ihren Inhalt zu entschlüsseln. Wie in einer fremden Sprache gesprochen, zogen sie unerkannt an mir vorbei.

Redet dein Vater zu Hause eigentlich auch immer so?, hatte ich dich einmal gefragt, als wir nach dem Konfirmandenunterricht zur Bushaltestelle eilten.

Wir mussten die Abkürzung über den Feldweg nehmen, denn dein Vater hatte den Unterricht überzogen. Fünf extralange Minuten über die Bedeutung der Evangelisten, die uns nicht interessierte, denn wir dachten nur ans Kino, das nicht auf uns warten würde. In den Traktorspuren krachte das Pfützeneis unter deinen, unter Jans Füßen. Ich lief auf der weiß gefrorenen Grasnarbe in der Mitte und brach den starren Halmen knirschend das Genick.

Ja, leider, sagtest du.

Auch über das Wetter? Und über Benzinpreise und so?, fragte ich weiter.

Du nicktest.

Ich versuchte, mir vorzustellen, wie man so phrasiert über normale Dinge sprechen konnte. Über Alltagsdinge, über die man sich ärgerte.

Ohne Scheiß, sagte ich. Das hält kein Mensch durch.

Du zucktest die Achseln.

Als wir die Haltestelle erreichten, war der Bus noch nicht in Sicht.

Immer dasselbe, schimpfte Jan, und wir standen im dämmrigen Nachmittag, im lautlos fallenden Schnee. Unser Atem hing wie Sprechblasen über unseren Köpfen, obwohl wir schwiegen.

Du tratst mit der Fußspitze gegen den Bordstein, warfst einen Blick auf die Uhr und schautest die verwaiste Hauptstraße hinunter. Dann begannst du aus dem Stegreif zu salbadern:

Siehe, dieser Bus um 15:31 Uhr am Tage des Herrn wird da kommen mit einer schrecklichen Verspätung. Diese zu verzeihen in Güte und Vergebung sei unsere Pflicht, denn auch der Fahrer ist ein Kind Gottes – hier hobst du den Zeigefinger –, und wer da frei von Verfehlung ist und niemals kam zu spät, der werfe den ersten Stein auf die Windschutzscheibe dieses Gefährts, sagtest du und zeigtest hinter dich.

Der Bus näherte sich. Als hättest du ihn herbeibeschworen. Wir kicherten.

Nie im Leben redet dein Alter immer so!

Er kann halt nicht anders, sagtest du. Der Arme.

Der Herr sei mit ihm, sagte Jan. Faltete die Hände.

Und mit seinem Geiste, sagtest du.

Amenlein, sagte ich.

Mit einem Zischen öffneten sich die Bustüren, wir stürmten in die trockene Wärme, am Fahrer vorbei, ohne unsere Karten vorzuzeigen. Es war meistens derselbe um diese Zeit, auf dieser Strecke, der Nette mit dem schiefen Mund und dem goldenen Eckzahn. Er kannte uns und hob immer seine Fahrkartenröllchen für uns auf.

Ich schaute zu dir hinüber. Das Alphabet hatte uns getrennt, hatte zwischen uns und dich noch Hansi Gierlich, Tanja Jäger, Chris Klein und Jens Lachmann platziert. Du saßt am anderen Ende der Bank, wie in einer anderen Welt. Gedankenverloren zogst du einen losen Faden von deinem Kleid und wickeltest ihn fest um den kleinen Finger, bis dessen Spitze lila anlief, und sahst dann zu, wie sich das Blut wieder verteilte, wenn der Faden sich löste.

Aufwickeln. Abwickeln. Wieder und wieder. Während dein Vater aus dem Matthäus-Evangelium vorlas.

Im Gegensatz zu mir schien es dir überhaupt nicht schwerzufallen, seinen Vortrag auszuhalten. Ruhig und geduldig wartetest du die Zeit ab. Darin hattest du Hunderte Sonntage und Tausende Wochentage Übung.

Ich wischte mir die Handflächen am Rock ab. Der Wollstoff juckte durch die Strumpfhose an meinen Oberschenkeln, die Bluse kniff unter den Armen, mir war viel zu warm.

Diese blöden, hässlichen, spießigen Klamotten.

Zu Hause war ich mir noch annähernd feierlich vorgekommen, doch inzwischen fühlte ich mich einfach nur verkehrt.

Du hättest dich niemals in so eine Kluft stecken lassen. Du tatst, was dir gefiel: Färbtest deine Haare zwei Mal in der Woche, wenn es dir in den Sinn kam. Und wenn dir ein Kleid zu lang war, wurde es eben abgeschnitten, auch wenn es sich von selbst verstand, dass es dafür einen Satz heiße Ohren gab.

Dieses seltsame Kleid. Stolz und gleichzeitig traurig. So wie du.

Warum hatte ich nicht auch so eins? Warum hatten wir den Aufstand nicht gemeinsam geplant?

Der Pfarrer hob die Stimme: So begehen wir das heilige Abendmahl, an dem unsere Konfirmanden heute zum ersten Mal teilhaben dürfen, nachdem sie sich vor Gott und der Gemeinde würdig erwiesen haben …

Jetzt war es so weit.

Ohne ihn anzusehen, stieß ich Jan mit dem Ellenbogen in die Rippen. Er stieß zurück. Damit war alles gesagt.

Einer nach dem anderen wurde aufgerufen, mit einer Frage vom Pfarrer auf Eignung geprüft. Mit stummen Lippen sprach ich die Antworten der anderen mit, sagte im Stillen auf, was ich auswendig gelernt hatte. Das dritte Gebot, das Glaubensbekenntnis, die Vergebung der Sünden. Es war ein Klacks.

Jan war vor mir an der Reihe.

Jan, kannst du mir sagen, wofür das Brot steht, von dem wir essen sollen?

Schweigen.

Es war so leise, dass man die Tauben unter dem Kirchdach flattern und scharren hören konnte. Ihr anzügliches Gurren und Balzen. Ich zählte die Bodenfliesen, wagte nicht aufzuschauen.

Und kannst du mir sagen, Jan, wofür der Kelch steht, aus dem wir trinken sollen?

Selbst für einen, der nicht gelernt hatte, war das lächerlich einfach. Der Pfarrer machte es Jan leicht. Er wollte niemanden durchfallen lassen.

Jan?

Warum gab er keine Antwort? Warum sagte er denn nichts? Langsam wandte ich den Kopf, sah, wie er sich verlegen kratzte und zu dir umdrehte. Ihr wart beim Pfuschen ein eingespieltes Team. Du würdest ihm vorsagen, mit einer Geste nur oder einem angedeuteten Wort, das funktionierte auch in der Schule immer problemlos. Doch dann sah ich, wie sein Hilfe suchender Blick in einem Staunen erstarrte.

Du saßt leicht vornübergebeugt, hieltest dir die Nase zu und die Hand vor den Mund, wie immer, wenn du versuchtest, einen Lachanfall zu unterdrücken. Deine Schultern bebten. Es würde nicht mehr lange gut gehen, das wusste ich. Gleich würdest du losplatzen. Warum auch immer.

Jan!, kam es von oben. Willst du mir nicht antworten?

Aber er hörte nicht hin, hatte deinen Vater, die Frage und alles andere ausgeblendet, nur dich nicht, die verrückte Punkerbraut, die offenbar wissen wollte, wie weit sie mit Gott gehen konnte, bevor er sie verdammte, die jetzt nicht mehr an sich halten konnte und lachend die Hand fortnahm und ihr Gesicht entblößte, ihren weit geöffneten blutverschmierten Mund, die rot unterlaufenen Zähne, das Kinn, den Hals, an dem ihr Kleid schon tief verfärbt war, und ihre Nase, aus der es unaufhörlich rann.

Es lief buchstäblich in Strömen aus dir heraus, und alles war plötzlich rot.

Ich hatte noch nie so viel Blut gesehen. Bestimmt musstest du sterben. Du starbst. Du starbst!

Aber du standst auf, betrachtetest deine Hand, dein Kleid. Weder erschrocken noch angewidert.

Guckt mal, sagtest du. Was für eine irre Farbe.

Ich nickte, wie man nickt, wenn ein Amokläufer vor einem steht und sagt: Schönes Wetter heute.

Du drehtest dich um und gingst langsam den Mittelgang entlang, weg vom Altar, Richtung Ausgang. Dein Anblick ließ eine geräuschvolle Schreckwelle durch die Reihen gehen.

Alle gafften dich an. Die, die es schon immer gewusst hatten, die, die es geahnt hatten, die, die dich schwierig fanden und seltsam, selbst die, die dich mochten.

Der Leibhaftige, flüsterte jemand.

Setz dich hin, Friederike, hallte die Stimme deines Vaters aus den Lautsprechern.

Du gingst weiter.

Tu, was dein Vater sagt, Friederike, rief deine Mutter von der Empore.

Herr Tullius sprang auf.

Himmel, jetzt reicht's aber, rief er. Das Kind blutet doch! Seht ihr das denn nicht?

Er drängte sich aus der Bank. Zog sein Taschentuch aus der Hosentasche und kniete sich vor dich hin, wischte dir vorsichtig übers Gesicht. Du rührtest dich nicht.

Kopf in den Nacken, sagte er. Und hier oben ganz fest zudrücken, ja?

Das Tuch fiel über dein Gesicht wie eine weiße Fahne. Dann hob er dich hoch, nahm dich auf den Arm, obwohl du schon über einen Meter sechzig groß warst, und trug dich zum Ausgang. Deine dünnen Beine klammerten sich um seine Hüfte.

Du schautest zu uns herüber, unsere Blicke trafen sich, und dann winktest du mir. Ich glaube, das einzige Mal überhaupt. Für den Bruchteil einer Sekunde fragte ich mich, ob du das irgendwie geplant haben könntest. Dann fiel die Kirchentür hinter euch ins Schloss.

Jan!, dröhnte Gott. Ich warte auf deine Antwort. Wofür steht der Kelch?

Das Blut Christi, sagte Jan und wurde bleich.

In der Küche war es schummerig, gerade hell genug, um kein Licht machen zu müssen. Ratlos blieb ich an der Spüle stehen. Starrte in den dunklen Abfluss, der in dem schimmernden Edelstahlbecken wie ein schwarzes Loch wirkte, das zog und sog. Schnell drehte ich das Wasser auf. Es strudelte sich in den Ausguss. Rechtsherum. Zog die Dunkelheit und meine Gedanken gurgelnd mit sich in den Orkus.

Aus dem Wohnzimmer drang Applaus. Waren sie offenbar dem Schnurrbartmann doch noch auf die Schliche gekommen.

Was wohl die Lösung gewesen war?

Egal. Es interessierte mich nicht.

Bringst du mir noch ein Bier mit, Hanna?, rief Herr Tullius.

Ohne zu antworten, öffnete ich die Tür zur Vorratskammer. Ich bückte mich hinunter zur Bierkiste, die im hintersten Eck stand, und nahm eine Flasche heraus.

Eure Stimmen im Wohnzimmer.

Der Prominente, riefst du. Los, komm!

Ich blieb noch einen Moment stehen und schaute aus

dem Fenster. Hinter dem dunklen Garten leuchtete die Laterne über der Eingangstür unseres Hauses, wie ein Licht aus einer anderen Welt. Am Verandatisch erkannte ich Breitners Silhouette. Wahrscheinlich fraß er mal wieder Ninis Aschenbecher leer.

Irgendwann krepierst du daran, du dummes Vieh, sagte ich, öffnete das Bier, das mir sofort überschäumend entgegenkam. Ich hob die Flasche an den Mund und schluckte den bitteren Schaum.

Jetzt musst du von der Küche aus mitraten, riefst du. Nicht gucken! Also, wer ist das? Ich gebe dir einen Tipp: Die Seele lebt im Blute. Die Seelen dieser beiden jungen Krieger mögen ineinander übergehen, dass sie eine einzige Seele bilden.

War das ein Bibelzitat? Die Seele im Blute? Nein. Und hatte Siggi nicht seinerzeit gesagt, der Schatten wäre der Sitz der Seele?

Hugh, ich habe gesprochen, sagte Herr Tullius.

Mein Bruder, sagte Jan.

Mein Bruder, sagtest du.

Ach, das war leicht, rief ich laut. Pierre Brice natürlich.

Dann riss ich ein Stück Küchenrolle ab, für den Fall, dass ihr Worten hattet Taten folgen lassen. Du ließt ja keine Gelegenheit aus, mit Blut zu panschen. Und Herr Tullius war sehr pingelig mit seinen Sachen.

Mit einem Lächeln als Kriegsbemalung trat ich beherzt durch die Tür.

Ich greife nach Thomas' T-Shirt.

Kalt auswaschen, sonst bleiben hässliche Flecken.

Du kennst dich ja bestens aus, sagt Thomas. Er schnieft

vorsichtig, tastet mit dem kleinen Finger die blutverkrusteten Nasenlöcher ab.

Ich reiche ihm ein frisches Papiertaschentuch.

Früher hatte ich mal eine Freundin, die hat über Jahre Blutproben gesammelt, sage ich. Sie hatte Regalmeter voll mit kleinen Reagenzgläschen, beschriftet mit Namen von Menschen und Tieren, Datum, Ort. Fein säuberlich. Und am liebsten –

Von mir selbst überrascht, halte ich inne.

Es ist einfach so geschehen. Mein Mund ging auf, und die Worte kamen von ganz allein. Hier bist du. Bei uns, zwischen uns. Ich habe dich aus meinem Kopf herausgelassen in die Wirklichkeit. Zum ersten Mal seit zwei Jahrzehnten bist du mehr als ein Gedanke.

Am liebsten *was*?, fragt Zappa.

Am liebsten war ihr Nasenblut, vollende ich den Satz.

Und wozu hat sie das gemacht?, fragt Thomas.

Das habe ich davon, dass ich die Klappe nicht halten kann. Sie sind neugierig geworden, fragen nach dir, und ich muss antworten, Dinge erklären, die ich selbst nicht weiß. Ich habe nie verstanden, wozu du diese morbide Versuchsanordnung gebraucht hast. Um herauszufinden, wo Leben aufhört und Tod anfängt?

Ich zucke die Achseln.

Das hatte keinen tieferen Sinn. Ich habe Aufkleber und Fahrkartenröllchen gesammelt und sie Blut. Das war ein Spleen, sonst nichts.

Fahrkartenröllchen? Thomas blickt mich amüsiert an. Soso.

Mit einem Räuspern rücke ich meine Mütze zurecht.

Was denn, soso? Fahrkartenröllchen waren der Hit, damals, sage ich und hoffe, dass wir jetzt das Thema gewechselt haben.

Vielleicht ist sie ja Biologin geworden, sagt er. Meine Karriere hat auch mit einem Spleen angefangen ...

Erwartungsvoll seht ihr mich an, alle drei.

Nein, sage ich leise, ist sie eben nicht. Das war ja das Problem.

Dass sie keine Biologin wurde?, fragt Zappa, die Stirn in Knitterfalten. Warum?

Eigentlich wollten wir zusammen in die Polarforschung. Aber das war ihr dann wohl nicht außergewöhnlich genug, murmele ich und fühle mich wie eine Verräterin, kaum dass ich es ausgesprochen habe.

Du kennst schon ziemlich schräge Leute, stellt Thomas fest.

Zappa stößt ihn an.

Ja. Dich zum Beispiel.

Um das hier mitzumachen, muss mal ja wohl auch ein bisschen schräg sein, antwortet Thomas. Oder, Hanna?

Ich will etwas sagen, aber meine Lippen kleben aneinander, fest verschlossen, und als suchten sich die Worte einen anderen Weg, drücken plötzlich Tränen hinter meinen Lidern. Ich versuche, sie wegzulächeln, blicke verloren von Thomas zu Zappa zu dir.

Weiß. Nichts. Mehr.

In meinem Kopf herrscht eine weltraumartige Leere, hallt laut wie aus einer tiefen Schlucht das Echo einer Stimme, die es nicht mehr gibt.

Die Seele lebt im Blute.

Unter Jacken und Decken und Schals schließt sich eine zielstrebige Hand um meine, drückt sie für einen kurzen

Moment. Ich halte mich daran fest. Weiß nicht, zu wem sie gehört, schaue nicht auf. Es ist egal.

Sollen wir wieder rübergehen?, fragt Zappa. Bevor die Schachfiguren alles alleine aufgegessen haben.

Von mir aus.

Geht schon mal vor, ich zieh mir noch was Frisches an, sagt Thomas.

Der Blizzard hat neue Schneeberge aufgetürmt, die Landschaft umgebaut, wie es ihm gefällt. Sie bleibt keine fünf Minuten gleich, wenn der Sturm seine Finger im Spiel hat. Dicht hintereinander hangeln wir uns an der Handleine Richtung Quartier. Ich stapfe in Zappas Windschatten, sein langer Rücken ist alles, was ich sehe, rot schaukelt er vor mir her wie eine Boje auf offener See. Die aufgehäufte Drift gibt unter unseren Füßen nach, lässt uns einsinken, teils bis zum Knie. Trotzig mache ich Schritt um Schritt. So leicht bin ich nicht kleinzukriegen. Meine Brille beschlägt vor Anstrengung.

Zappa bleibt so unvermittelt stehen, dass ich auf ihn auflaufe. Ich hebe entschuldigend die Hände, als er herumfährt, dann sehe ich, dass er zum Schacht hinüberzeigt, sehe die blaue Plane, die vor uns quer in der Luft steht, wie eine vom Sturm gehisste Fahne. Aufgepflanzt, um erobertes Territorium zu markieren. Es ist die Zusatzabdeckung, die wir installiert haben, um später den Einstieg in den Schacht zu erleichtern. Die Sicherung selbst scheint unversehrt.

Doch kein Fehlalarm, schreie ich.

Mit ein paar knappen Gesten bedeutet Zappa mir, dass wir die Plane zunächst komplett einholen müssen, ehe wir sie wieder befestigen können.

Kriegst du das hin?, ruft er.

Ich hebe den Daumen, und wir machen uns an die Arbeit.

Michelin-Männchen, die einem ungestümen Stofffetzen hinterherjagen wie Kinder den Seifenblasen eines Straßenclowns. Zum Besten gehalten von der Willkür des Windes. Es muss ein komisches Bild sein, das wir abgeben, doch niemand kann uns sehen. Nicht einmal ein Satellit. Und was wären wir schon auf einem Satellitenfoto? Höchstens ein paar Punkte, Fliegenschiss auf endlos weißer Leinwand, aber wahrscheinlich gar nichts. Wir sind einfach viel zu klein.

Als wir die Plane endlich zusammengerafft haben, zittern mir die Glieder. Kraftlos lasse ich mich auf den Stoffhaufen fallen. Verberge den Kopf unter den Armen, schaue in die kleine stille Dunkelheit. Kalt und heiß zugleich hängt mein Atem im Fleece vor meinem Mund.

Einfach hier hocken bleiben. Den Sturm über mich hinwegziehen lassen. Nie wieder aufstehen.

Zappa kniet sich neben mich, um den Saum zu inspizieren. Die Hälfte der Ösen ist ausgerissen, als hätte sich ein ganzes Wolfsrudel daran zu schaffen gemacht.

Müssen wir das flicken?

Wir versuchen es erst mal so, ruft er.

Schwerfällig stemme ich mich auf alle viere. Eigentlich kann ich nicht mehr. Eigentlich möchte ich am liebsten nur noch nach Hause.

Ich rufe Ole! Der soll mir helfen.

Nein, gestikuliere ich. Es geht schon. Das schaffen wir allein!

Er zögert. Dann greift er mir entschlossen unter den

Arm und zieht mich hoch. Zum zweiten Mal innerhalb weniger Tage sammelt er mich aus dem Schnee auf wie einen verlorenen Handschuh. Ich fasse taumelnd nach seiner Jacke, und er hält meine Schultern fest. Einen ungefähren Moment stehen wir auf dieser sich blähenden Insel aus blauem Stoff wie Gestrandete.

In Zappas großer verspiegelter Skibrille sehe ich nur mich selbst. Mit der Sturmhaube vermummt bis zur Unkenntlichkeit, genau wie er. Wir sind niemand und gleichzeitig jeder. Sind die Einzigen.

Er senkt langsam den Kopf, nähert sich meinem.

Ich hebe das Kinn, ihm entgegen.

Als Nächstes höre ich seine Stimme dicht an meinem Ohr.

Du musst festhalten!, sagt sie durch Stoff und Haar. Ganz fest!

Ein, zwei Sekunden vergehen Kopf an Kopf. Dann drückt er mir eine Ecke der Plane in die Hand und stapft mit der anderen davon.

Der blaue Kunststoff zerrt an meinen Armen wie ein wild gewordener Drachen. Ich stemme beide Füße in den Schnee, halte mit aller Kraft dagegen, aber der Wind kennt sämtliche Tricks. Täuscht mit einem Ruck die Richtung an und schlägt dann einen Haken. Der Widerstand lässt so abrupt nach, dass ich falle. Mit der nächsten Böe reißt sich die Plane von mir los, verschwindet sekundenschnell im grauen Nichts. Auf und davon. Ich liege am Boden und sehe hinterher.

Mist, brülle ich. Verdammter Mist!

6

Hörst du?

Was?, frage ich schlaftrunken.

Es hat aufgehört.

Ich lausche. Es ist erstaunlich ruhig. Draußen und auch in meinem Kopf.

Endlich, sage ich.

Aber ich rege mich nicht und halte die Augen fest geschlossen. Noch ein bisschen nicht denken. Noch ein wenig Wärme von dem Körper neben mir stehlen, ehe ich irgendwie zurückfinden muss zu den Tatsachen, zu Abstand und Anstand.

Vom Heulen und Tosen des Sturms ist nur noch ein tiefes Brummen geblieben. Mmm mmm mmm, singt der Wind. Erstaunlich, welche Lieder er kennt und wie einsam sie klingen.

Die Brust unter meiner Hand hebt sich ruhig und regelmäßig, sie ist kaum behaart. Ich fühle eine Narbe. Widerstehe dem Drang, sie mit dem Finger nachzufahren, sie sichtbar zu machen. Ich will gar nicht wissen, woher sie kommt. Es geht mich nichts an. Denn wir teilen weder Vergangenheit noch Zukunft, nur dieses kleine Stückchen Gegenwart.

Ich streiche weiter ziellos über den mir noch neuen Körper, weiß nicht recht, wohin.

Du hast kalte Finger, sagt er.

Fast immer.

Komm. Er nimmt meine Hand und legt sie sich auf die Flanke, als wollte er sie an seiner empfindlichsten Stelle wärmen. Gut so?

Ja.

Eine Weile schmiege ich mich einfach an ihn, atme unseren gemeinsamen Geruch nach Schweiß und Lust. Unter seinen Rippen schlägt sein Herz so selbstsicher, dass ich es wage, auf mein eigenes zu horchen. Es antwortet ihm leise.

Ich bin froh, nicht allein zu sein. Froh, dass er am Abend wortlos und ohne Scham einfach bei mir, an mir, in mir war. Ohne Umwege. Ich wollte es so. Wollte alles auf einmal fühlen und schnell. Die Leere füllen.

Du bist eine seltsame Frau, sagt er plötzlich.

Das nehme ich als Kompliment, erwidere ich.

Er bewegt sich. Es zieht klebrig, als sich sein Gesäß von meinem Bauch löst und er sich mir zuwendet. Der Reißverschluss des Schlafsacks geht ein Stück auf, lässt eisige Luft zwischen uns.

Das Zeichen zum Aufbruch. Zeit, die Augen aufzumachen.

Ich wage einen vorsichtigen Blick, da erwartet mich seiner schon, wach und forschend, wie ich ihn kenne und doch überhaupt nicht kenne. In der frischen Helligkeit nach dem Sturm wird der Isthmus zwischen Vertraut und Fremd wieder deutlich sichtbar.

Wir sollten besser aufstehen, sage ich, um ihm zuvorzukommen. Es gibt unglaublich viel zu tun …

Er lächelt still, streift mit den Lippen meinen Hals. Ich spüre es am ganzen Körper.

Dreh dich rum, raunt er. Ich will dich von hinten.

Als wüsste er, dass es mir gerade jetzt so am liebsten ist.

Ich klettere aus dem Zelt in eine neugeborene Welt.

Strahlende Reinheit empfängt mich. Noch keine Spuren, kein Leben gibt es. Die Zelte, der Schacht, Gestern, die Nacht – alles liegt verborgen unter der glatten Schneedecke und ist fast schon nicht mehr wahr.

Ein Glücksmoment, frei von Vergangenheit.

Wie berauscht gehe ich ein paar Schritte und begrüße den Horizont, nehme die Weite auf, die sich in mir ausbreitet, bis sie mich fast sprengt. Unter meiner Haut kribbelt eine lang vermisste Zuversicht.

Der antarktische Sommer ist zurück, mit Festbeleuchtung und Sonderausstattung. In der Sonne ist es beinahe warm. Kaum zu glauben, dass wir noch vor wenigen Stunden im Wirbel stiebender Flocken verloren waren.

Ich schwinge meinen Spaten wie einen Spazierstock und stapfe auf die schlaffen Fähnchen zu, die an der Stelle Wache halten, wo unser Bohrloch begraben liegt. Aus dem großen Weiß ragen sie hervor wie Kerzen aus einer Sahnetorte.

Heigh-Ho, Heigh-Ho, off to work I go, pfeife ich leise und muss ein bisschen über mich selbst lachen. Dann fange ich in aller Ruhe an zu buddeln.

Eine Filmszene fällt mir ein. Der Gangster mit dem roten Eiskratzer. Der irgendwo im Nirgendwo im Schnee kniet, die Visage zerschossen, die Hände blutig und in viel zu dünnen Lederschuhen, um einen Geldkoffer zu vergraben. Und sein Blick, als ihm aufgeht, dass kilometerweit dieselbe absurde Einöde herrscht, dass es keine Hoffnung auf gar nichts gibt. Und trotzdem markiert er die Stelle mit diesem winzigen roten Plastikding. Weil er ein Mensch ist, der an die Zukunft glaubt, genau wie wir. Warum sonst wären wir hier?

Es kann weitergehen. Muss weitergehen.

Ich schaffe das.

Mit dir und ohne dich.

Schaufel um Schaufel werfe ich den Schnee hinter mich, dass er mir staubig um die Ohren fliegt. Die Luft glitzert.

Habt ihr so etwas schon gesehen? Heute schneit es von unten.

Wie hieß denn noch dieser Film?

Hattest du gar keinen Kaffee?, schreckt mich Thomas' Stimme aus meiner rhythmischen Trance. Er steht neben mir, meinen Thermobecher in der Hand.

Ich wische mir die Haare aus der Stirn und nehme den Kaffee entgegen.

Es war so schön und friedlich, da konnte ich mich nicht mehr bremsen, sage ich, trinke einen heißen Schluck. Danke.

Er nickt. Von ferne höre ich Stimmen. Die anderen sind im Anmarsch.

Jetzt geht es aufwärts, sagt Thomas.

Lieber abwärts. Wir müssen noch tief runter.

Immer das letzte Wort?

Ich lächle.

Nicht immer, sage ich.

Der *Eclipse* läuft wieder. Die Winde quietscht, der Motor dreht hochtourig, aber heute kann keine Musik schöner sein.

Wir holen auf.

Getrieben von Diesel und Endorphinen bohren wir uns weiter in die Tiefe, und die Styroporboxen füllen sich langsam, aber sicher mit sorgsam in Plastikhüllen verschweißten Eisstücken. Sechs Meter pro Kiste, kalt und sicher verstaut.

Im Dauerlicht des Polartages können wir ohne Unterbrechung in Schichten zu dritt arbeiten. Wir rotieren in einem von Fränzi ausgeklügelten System, das ich nicht mehr verstehe, sobald ich darüber nachdenke.

Wer ist jetzt dran?, frage ich Ole, der an der Schaltkonsole sitzt, während Zappa dahinter kniet und an irgendetwas herumschraubt.

Echt, Hanna, stöhnt Ole, das ist doch wirklich nicht so schwer zu kapieren. Man kann sich fragen, wie du zu deinem Job gekommen bist.

Es gibt Mittel und Wege ..., sage ich abgelenkt, werfe einen Blick hinunter in den Schacht, wo Thomas die elektrische Leitfähigkeit im Eis misst. Auf dem Computermonitor zucken die Ausschläge wie bei einem Lügendetektor, während er Elektroden über das Kernstück zieht.

Als Ole nichts erwidert, blicke ich auf. Er sieht mich unverhohlen an.

Und ich dachte immer, das seien alles nur Gerüchte.

Was? Was denn für Gerüchte?, gehe ich ihm auf den Leim.

Tja ...

Er dehnt das kleine Wort so weit in die Länge, bis es vielsagender wird, als mir lieb ist. Dann schaut er auf die Uhr. Es tut mir wirklich leid, ich würde mich gerne weiter mit dir unterhalten, aber laut Plan muss ich jetzt Pause machen. Du darfst dich mit Thomas und Zappa vergnügen.

Zwinkern.

Keinesfalls werde ich ihm den Gefallen tun, jetzt verlegen zu werden. Keine roten Ohren, kein Zucken. Es gibt nichts zu bereuen.

Ich schiebe meine Sonnenbrille hoch, stiere ihm so direkt in die hellen Augen, dass keine Zweifel aufkommen können.

Wie hieß noch mal dieser Film?, frage ich, ramme meine Schaufel in den Schnee.

Welcher Film?

In dem der eine Gangster seinen Komplizen am Ende im Holzschredder verschwinden lässt, weil er ihm so auf die Nerven geht …

Mit Ölflecken im Gesicht und einem Schraubenzieher hinter dem Ohr kommt Zappa hinter der Schaltkonsole hervor. Ein Anblick fürs innere Fotoalbum. Klick, macht es in meinem Kopf.

Kettensägenmassaker?, sagt er.

Ich kenne nur *Dirty Dancing*, erwidert Ole, grinst. Also, ich bin dann mal weg. Viel Spaß noch.

Ich werfe ihm einen Schneeball hinterher, aber er zerstäubt noch im Flug.

Quatschkopf, sagt Zappa gut gelaunt.

Schnell drehe ich mich um, bevor sich unsere Blicke begegnen können, und steige nach unten in den bläulichen Dämmer der Gruft, um Fränzis Platz am Bohrloch zu übernehmen.

Du kommst gerade rechtzeitig, sagt Thomas, als sich der Edelstahlkolben aus der Tiefe hebt. Der nächste Run bringt Klarheit.

Wie lange habe ich auf diesen Moment gewartet.

Zu Hause, im stickigen Büro, am Rechner, im Labor – wo wir den Großteil unserer Arbeit machen. Wo aus Eiskernen Datensätze und Diagramme werden, aus Luftblasen Spurengasanalysen, aus Kristallen Aerosolkonzentrationen und aus der Vergangenheit Modelle für die Zukunft, die die Menschen vor sich selbst warnen sollen.

Zusammen nehmen wir das Kernrohr entgegen und befreien das Eisstück. Es gleitet problemlos in die Halterung. Der erste Eindruck: gerade und gesund.

Ich bin froh, dass ich die richtige Schicht erwischt habe, den Moment nicht traumlos verschlafe, in dem die Belohnung für alle Mühen ans Licht kommt. Am liebsten möchte ich mich gleich darauf stürzen, aber die Routine will es, dass wir erst den Bohrer neu aufsetzen.

Wir arbeiten schnell, wortlos.

Fertig, ruft Thomas nach oben, und schon orgelt die Winde wieder los.

Ich bürste mit dem Handfeger die Bohrspäne vom Kernstück. Thomas hatte recht.

Klares Eis.

Es ist samtig glatt und auf ganzer Länge transparent. Im Inneren schimmern die eingeschlossenen Luftblasen. Silberne Erinnerungen aus einer fernen Zeit.

Sieh dir das an, flüstere ich. Sieh dir dieses Prachtstück an!

In mir sprudelt ein Glücksgefühl hoch, schäumt über wie ein Geysir. Ich drehe mich zu Thomas um. Nehme sein Gesicht in beide Hände und küsse ihn vor lauter Freude auf den Mund. Einfach so.

Wir lachen.

Zappa, rufe ich. Komm! Das musst du dir anschauen!

Mit den Zähnen ziehe ich mir den linken Handschuh von den Fingern und strecke die Hand aus.

Ein Mal anfassen nur. Ganz kurz. Obwohl es gegen die Regeln verstößt.

Auch nach so vielen Jahren fasziniert mich noch immer, wie die Kälte Ordnung in die chaotische Molekülstruktur des Wassers bringt, sie zu zarten, aber stabilen Gittern zusammenschließt, Sechsecke formt. Und wie das vermeintlich starre Eis dennoch fließt, wenn der Druck hoch ist. Ich stelle mir vor, wie die Kristalle aussehen werden, wenn ich sie unter dem polarisierten Licht betrachte. Die kaleidoskopbunten Bilder, die zeigen, wie die Kristalle aneinanderliegen, sich ausrichten, sich formieren.

Ich kann ins Schwärmen geraten angesichts dieser natürlichen Raffinesse. Und angesichts der Menge an Information, die sich in nur einem Zentimeter dieses Eises befindet. Ein Archiv von Antworten auf noch ungestellte Fragen und von ersehnten Beweisen für längst bekannte Theorien.

So viel Zeit, sagt Thomas.

So viel Vergangenheit, sage ich und berühre mit den Fingerspitzen vorsichtig das Kernstück.

Ich hatte es eilig.

Hatte zu Hause alles stehen und liegen lassen. Berge schmutziger Wäsche vor der Waschmaschine, Strandlaken schwer von Salzwasser und Sand, Shorts mit Dreck oder Papierservietten in den Taschen und im Flur Stapel von Schlafsäcken, Isomatten und Kochgeschirr.

Ich war so aufgeregt. Nicht mal auf Jan konnte ich warten. Kaum dass der Postbote mir den Umschlag mit dem Mietvertrag in die Hand gedrückt hatte, griff ich meinen Schlüssel vom Sideboard, dazu das Buch, das du in unserer Molly vergessen hattest.

Nur noch eine Unterschrift trennte uns von Hamburg! Von unserer ersten gemeinsamen Wohnung. Vom echten Leben.

Wo willst du denn hin?, hatte Nini mir hinterhergerufen, als ich mich aufs Rad schwang. Soll das hier alles so liegen bleiben?

Muss nur kurz zu Fido! Bin gleich wieder da!

Ich trat kräftig in die Pedale. Die Spätsommerluft strich mir warm über Schultern und Knie, aber die leise Vorahnung von Herbst, die darin lag, verursachte mir eine Gänsehaut. In meinem Körper herrschte noch die trockene Hitze des Südens.

Schlitternd bremste ich in eurer Einfahrt, sprang noch im Rollen ab und ließ mein Fahrrad gegen den Gartenzaun fallen. Die Klingel gab empört Laut, als der Lenker aufschlug, aber das hörte ich kaum. Mit Schwung stieß ich das Tor auf und rannte durch den Garten.

Fido!, rief ich. Es geht los!

Die Haustür ging auf.

Ich wollte *Der Vertrag ist da* rufen. *Hurra* und *Pauli, wir kommen.* Aber es war deine Mutter, die erschien, nicht du. Sie lehnte sich in den Türrahmen, ihr braunes Sommerkleid schwang um die Knie.

Atemlos blieb ich stehen. Die zwei Trittstufen zum Haus zwischen uns.

Ist Fido nicht zu Hause?

Immer in Eile, nicht wahr, Hanna? Was soll denn so dringend losgehen?, fragte sie.

Ein Satz, und ich war wieder zehn. War in ihrer Gegenwart immer das Kind geblieben, das sie beim Würstchenklauen ertappt hatte. Und sie hatte nie versucht, das zu ändern. Sie mochte uns nicht. Mich und Jan. Sie hatte uns geduldet, wie man eine zugelaufene Katze duldet, von der man hofft, dass sie wieder verschwindet, wenn man sie nur lange genug ignoriert.

Ich habe hier noch Fidos Buch. Hat sie vergessen, sagte ich. Streckte ihr das zerknickte Taschenbuch entgegen, eine Legitimation für mein Auftauchen. Den Mietvertrag verschwieg ich lieber, für den Fall, dass du deinen Eltern noch nichts gesagt hattest. Die entscheidenden Pläne machtest du aus gutem Grund meist ohne sie.

Uns verbrennt die Nacht?, las sie den Titel vor. Es klang spöttisch. Ich glaube, so einen Schund braucht sie jetzt nicht mehr.

Sie blieb vor mir stehen und versperrte mir mit dem Arm den Weg nach drinnen. Sah auf mich herab.

Eine Sekunde umfassender Stille. Nur sie und ich.

Bald würde sie uns los sein und ihre Ruhe haben. Wenn sie mich nur endlich vorbeiließe. Aber statt mir Platz zu machen, sagte sie mit ihrer leisesten Stimme: Fido ist heute früh schon nach Regensburg.

Nach Regensburg?, wiederholte ich.

Sie fängt doch am Montag ihre Ausbildung an. Und vorher muss sie sich ja noch ein bisschen einrichten.

Ich starrte auf ihren Mund, die Lippen, die die Worte herausließen. Dann wurde es still, sie schwieg. Dehnte mit den Mundwinkeln die Zeit in die Breite und entblößte ihre Zähne mit einem falschen Lächeln.

Auf der Hauptstraße heulte ein Martinshorn vorbei. Ich registrierte das Geräusch automatisch, jahrelang konditioniert durch Ninis und Mamas reflexartiges Versteinern, sobald irgendwo eine Sirene ertönte – auch noch so lange Zeit nach Papas Tod.

Irgendwo war jemandem etwas passiert.

Wusstest du das etwa nicht, Hanna?, sagte sie. Ich dachte, ihr seid beste Freundinnen und wisst alles voneinander.

Ich nickte.

Mit viel französischem Rotwein und süßem Gras hatten wir den Nachmittag berauscht. Lagen Arm an Bein, Kopf an Fuß, Schulter an Po in der Hängematte wie müde Krokodile und schaukelten im Schatten der Pinienkronen hin und her. Das Seil knarzte im Takt mit einer Musik, die aus einem Radio in der Nähe klang, oder es war ein begabter Tramper, der sich mit seiner Gitarre bis hierher durchgeschlagen hatte.

Die Luft stand, und hinter den Dünen warf sich unermüdlich der Atlantik an den Strand.

Wir redeten längst nicht mehr, ließen die Zeit in der Hitze zerrinnen und langsam in den Abend fließen.

Auf eine dämmrige Art schwebend, schwitzend, spürte ich deine Haut an Jans Haut an meiner kleben. Den feinen Film dazwischen, der gleichzeitig kühlte und noch mehr Wärme brachte. Ich glühte empfindlich an den Stellen, an denen wir uns berührten, als konzentrierten sich alle meine Sinne nur darauf.

Ich drehte den Kopf ein wenig, gerade so weit, dass ich dein Profil sehen konnte, deine vertrauten Züge, den bekannten Haaransatz. Und Jans breites Gesicht. Seine vollen Lippen, die meinen so ähnlich waren.

Plötzlich war ich nur noch Haut und der ungenaue Gedanke, ob es noch näher ginge. Noch. Näher. Oder ob wir dann verrückt würden. Ob das Leben uns verrückt machen würde.

Jan stieß mich an, reichte mir den Joint, und ich paffte zwei Züge und gab ihn an dich weiter.

Sollen wir Chili machen?, fragtest du irgendwann.

Nach dem langen Schweigen drang deine Stimme an mein Ohr wie aus einer anderen Welt.

Jan antwortete: Ein Chili kann ich bei jedem Wetter essen, selbst wenn einem der Schweiß auf den Teller tropft.

Da wusste ich, dass ihr auch an Sex und Irrsinn und Liebe gedacht hattet.

Ich sollte versuchen, die Karten zu kaufen. Ich war die Älteste.

Und du siehst anständig aus, hattest du gesagt.

Ich fühlte mich beleidigt. Aber ich schluckte die Kröte und ging an die Kinokasse.

Drei Mal *Betty Blue*, bitte, sagte ich und legte fünfzehn Mark auf den Geldteller.

Ausweis, sagte die Kassiererin.

Ich schob meinen noch neuen Personalausweis unter dem Fensterchen durch.

Alle drei, sagte die Frau.

Aus den Augenwinkeln sah ich zur Süßigkeitentheke hinüber, wo ihr wartetet. Mein Anstand hatte nichts genützt. Ich beschloss, die Taktik zu ändern.

Die anderen sind auf dem Klo.

Ich sagte absichtlich Klo, nicht Toilette.

Tja. Tut mir leid, dann kann ich dir nur eine Karte verkaufen.

So aufreizend wenig anständig, wie ich konnte, kaute ich auf meinem Kaugummi. Ließ sogar eine Blase knallen.

Jan trat neben mich.

Gibt es ein Problem, Officer?, fragte er, als hätte er einen dicken Colt im Hosenbund stecken.

Ich biss mir auf die Lippen. Wann hatte er sich denn diese Nummer ausgedacht?

Die Kassiererin machte einen spitzen Mund. Blickte über die spiegelnden Gläser ihrer Brille.

Der Film ist ab sechzehn. Laut Jugendschutzgesetz muss ich eure Ausweise kontrollieren.

Jan holte aus, als wollte er die Scheibe zerschlagen, und knallte seinen Schülerausweis an ihr Fenster. Gleichzeitig drehte er den Kopf und rief quer durch das Foyer: Honey, komm mal rüber, die Dame hier will deine Fick-Erlaubnis sehen!

Die Frau erstarrte zu einer Laterne. Gerader Rücken, leuchtender Kopf, sah sie dir entgegen. Vergaß vor Schreck und Scham, auf Jans Geburtsdatum zu schauen.

Du kamst herüber. Mit wiegenden Hüften, die Hände in den Taschen der kurzen Lederjacke, als wäre unser Provinzkino ein Catwalk in Paris. Fick-Erlaubnis, das Wort hatte ich Jan noch nie sagen hören, und dich hatte ich noch nie so gehen sehen. Ich sah von ihm zu dir. Eine karottenrote Haarsträhne teilte dein Gesicht, doch du dachtest nicht daran, sie zurückzuschieben, nicht bevor du die Kasse erreicht und der Kassiererin in die Augen geschaut hattest, mit leicht geöffneten Lippen.

Sie wollte deinen Ausweis schon gar nicht mehr sehen. Nahm wortlos unser Geld, und der Drucker nadelte drei Eintrittskarten am Stück.

Verbindlichsten Dank, sagte Jan, nahm feierlich die Tickets an sich. Dann lehnte er sich noch einmal ganz dicht an das Sprechfensterchen und flüsterte: Unsere Seelen werden keinen Schaden nehmen, wenn wir anschauen, wie zwei Leute kopulieren, das verspreche ich Ihnen.

Wir hakten uns links und rechts bei ihm ein und steuerten auf den Kinosaal zu.

Habt ihr das Gesicht gesehen?, flüsterte Jan. Habt ihr gesehen, wie sie geguckt hat?

Wir lachten noch, als wir uns in die Sitze fallen ließen, als die Werbung lief und der Vorspann begann, als der Saal im blauen Leuchten versank – bis jemand *psst, Ruhe jetzt* zischte und die erste Einstellung uns ebenso unvermittelt verstummen ließ, wie plötzlich ein Mann und eine Frau vor unseren Augen vögelten. Er oben, sie unten, unspektakulär einfach eigentlich, aber gerade deshalb so echt.

Übermannt von der Unmittelbarkeit, von dem fast kläglichen Frauenstöhnen, hielt ich den Atem an, wagte nicht zu euch hinüberzublicken. Meine Augen klebten an Zorgs verschwitzter Haut, an Bettys wippenden Brüsten, folgten ihrer Hand zwischen ihre Beine, seiner Hand unter ihren Rücken. Die Kamera brachte mich immer dichter an sie heran. Sie rieben und stießen sich und irgendwie mich, und es hörte nicht auf.

Ewige zwei Minuten.

Die Luft im Kino erhitzte sich.

Dann kam endlich der erlösende Schnitt, ein Lkw raste ins Bild, und alle Anspannung entlud sich in Zorgs übermütigem Urschrei, während er aufs Lenkrad schlug.

Deideideideideidei!

Na, wenn das so weitergeht, haben wir das Geld gut investiert, hörte ich Jan flüstern.

Klappe, du Chauvi, sagtest du. Knufftest ihn. Von Liebe verstehst du nichts.

Euer kurzer Wortwechsel streifte mich wie ein kühler Luftzug. Der Anflug des Gefühls, naiver zu sein als ihr. Unwissender. Aber ich war zu aufgekratzt, um ihm Beachtung zu schenken. Ich kicherte. Test bestanden! Es hatte gar nicht wehgetan. Jetzt konnte ich mich entspannen. Lehnte mich zurück, Knie gegen den Vordersitz, und ließ mich von den Bildern bereitwillig in den Sog von Rosa zu Blau zu Schwarz ziehen. Rutschte immer tiefer hinein in das trudelnde Leben auf der Leinwand und begriff vor lauter Lachen, Sex und Champagner spät, viel zu spät, dass es um etwas ganz anderes ging, dass sich langsam, aber sicher der Wahnsinn in die Geschichte schlich. Dass wir auf eine schreckliche Katastrophe zusteuerten.

Als Betty sich dann das Auge aus dem Kopf riss, war ich wie aus Nachteis, starr und dünn und bereit zu zerbrechen. Ich saß auf der Kante meines Sessels, verlor die Fassung, die Unschuld. Du griffst nach meiner Hand, Jan nach deiner. Wir hielten uns die ganze Zeit fest, auch als unsere Tränen zwischen unsere Finger liefen, bis zum Schluss.

Als wir benommen blinzelnd ins Foyer getreten waren, hatte uns die Kassiererin aus ihrem Kabäuschen heraus angeblickt und den Kopf geschüttelt.

Die Hängematte schaukelte sanft. Zum ersten Mal seit Stunden spürte ich einen leisen Windhauch zwischen den Bäumen, er linderte die Hitze auf der Haut ein wenig.

Ihr hattet auch daran gedacht. Daran, wie groß das Leben war und wie viel größer und unmöglicher die Liebe. Und an den Tag vor drei Jahren, an dem wir das begriffen hatten.

Näher als in diesem Gedanken konnten wir uns nicht mehr kommen.

Ich schlug die Augen auf und schaute in den Nachthimmel.

Dann machen wir Chili, sagte ich.

Deine Mutter sah mich triumphierend an.

Ach so, ja. Klar. Stimmt, die Ausbildung, sagte ich nur.

Es fiel mir nicht ein, zu fragen, was für eine Ausbildung. Ich fragte nicht, wieso, weshalb, warum. Weil ich ihr schlicht nicht glaubte.

Was wusste sie schon? Sie kannte dich nicht. Bestimmt hattest du dir etwas ausgedacht, um den Aufstand zu umschiffen, der dir drohte, wenn du verkündetest, gemeinsam mit uns dein Leben und deine Fähigkeiten verplempern zu wollen. Vielleicht saßt du längst bei mir zu Hause auf dem Bett und wartetest mit einer guten Geschichte.

Ich musste hier weg.

Ohne mich zu verabschieden, drehte ich mich um und ging.

Dreißig Schritte durch den Garten. Nicht auf die Zwischenräume zwischen den Platten treten, das Tor mit links öffnen und mit rechts schließen, wie immer, weil es andersherum Unglück bringt.

Ich hob mein Fahrrad auf, das Vorderrad verkantete sich und traf mich schmerzhaft am Bein. Ungeduldig verstaute ich das Buch und den Mietvertrag wieder im Fahrradkorb.

Noch einmal schaute ich zurück. Ich konnte nicht anders.

Deine Mutter stand noch immer in der Tür und lächelte unverdrossen. Sie hatte kein Mitleid. Hob langsam die Hand und winkte.

Ich war mir deiner so sicher.

Selbst als Jan und ich auseinandergedriftet waren, weil wir uns gegenseitig die Schuld an deinem wortlosen Abgang gaben, als alle Pläne in sich zusammenfielen und ich allein nach Hamburg ging, rechnete ich noch täglich mit einem Anruf, einem Brief, der alles in Wohlgefallen auflöste, der erklärte. Hielt an dem Glauben fest, dass du irgendwann einfach wiederauftauchen würdest wie ein Spätheimkehrer. Bei Großpapa war es so gewesen. Jahre nach Kriegsende hatte er eines regnerischen Tages an der Tür geklingelt – und Nini hatte das Plätteisen auf ihrer besten Bluse stehen lassen, um ihn in die Arme zu schließen. Sie hatte ihn nie aufgegeben. Weil die Wahrsagerin es so vorausgesagt hatte und weil sie ihn liebte.

Ein halbes Jahr lang ließ ich *Uns verbrennt die Nacht* auf meinem Regal liegen. Das Buch wartete nur darauf, von dir abgeholt zu werden. Du kanntest ja die Adresse.

Aber du kamst nicht.

Du warst und bliebst fort.

Wenn du so weit bist, würde ich die Messung machen, sagt Thomas.

Er hält den Hobel in der Hand, mit dem er die Oberfläche des Eises für die ECM-Untersuchung glätten muss.

Natürlich. Kurz noch abmessen.

Der Zollstock zittert leicht, als ich ihn anlege.

Eins sechsundachtzig, sage ich. Nicht schlecht.

Unglaublich, wie klar er ist, oder?, sagt Thomas, setzt das Messer an. Für solche Resultate nimmt man doch einiges in Kauf.

Ich nicke, lege ihm eine Hand auf den Unterarm.

Muss mich kurz setzen, sage ich.

Ein Lichtteppich liegt auf der Treppe. Ich sinke schwer auf die dritte Stufe, recke das Gesicht ins Helle und schließe die Augen. Überlasse mich der schwachen Sonnenwärme auf der Haut und den Nachbildern, die hinter meinen Lidern zucken.

Eine ruhige Gewissheit erfasst mich.

Ich kann mich erinnern. An dich, an Jan, an mich. Daran, wie alles war, oder wie es nicht war. Nur ganz verstehen werde ich es wohl nie.

Ein lautes Zischen durchschneidet die Luft. Wie von einem Pistolenschuss getroffen springe ich auf, sehe in Thomas' Miene den gleichen Schrecken.

Was war das?

Keine Ahnung.

Zappa?

Scheiße!, schreit es oben, und die Not in Zappas Stimme lässt mein Herz losrasen. Ich stolpere die Treppe hinauf. Zappa sitzt auf dem Boden neben der Winde, seine sonnenverbrannten Wangen sind blass. Er hält sich den Arm.

Was ist passiert? Was war das?

Er sieht mich an, amüsiert und erstaunt, als wäre ich überraschend als Clown verkleidet, dann werden seine Augen durchsichtig, drehen sich weg, und er verliert das Bewusstsein. Ich falle neben ihm auf die Knie.

Fränzi! Erste Hilfe! Meine Stimme bricht an den Rändern, so laut schreie ich.

Hundertfach haben wir Rettungseinsätze geübt, stabile Seitenlage, Reanimation, wir können das alles, müssen es können, doch mir fällt nichts anderes ein, als in Zappas bleiches Gesicht zu schlagen und seinen Namen zu wiederholen.

Ungeduldig schiebt mich Thomas zur Seite, beugt sich zu dem schlaffen Körper hinunter.

Hinter uns jault die Winde, als hinge an ihrem Ende ein ganzer Gletscher und wollte durch unser kleines Loch hinaus. Das Geräusch frisst sich wie eine Kreissäge durch meinen Hörnerv. Ich halte mir den Kopf. Warum hört das nicht endlich auf?

Thomas schreit mich an.

Was?

Drück den Notaus!

Ich drehe mich zur Schaltkonsole, auf der alle möglichen Knöpfe und Anzeigen blinken. Wahllos drücke ich auf sämtliche Schalter, in der Hoffnung, den richtigen zu erwischen.

Der Motor verstummt.

Er ist verletzt, stellt Thomas fest.

Wo denn? Wovon denn?

Er dreht Zappa auf die Seite, schiebt ihm das Styroporbrett unter den Kopf, auf dem er sonst sitzt, wenn er den Bohrer überwacht. Am linken Oberarm klafft ein langer Schnitt im Overall, mehr sehe ich nicht.

Fränzi kommt angeflogen. Sie trägt keine Jacke, keine Mütze, nur den Arztkoffer, die roten Locken wehen hinter ihr her wie ein Supermannumhang. Klack, klack, öffnen sich die Schlösser des Koffers. Ohne ein Wort zieht sie sich die Gummihandschuhe über und beginnt, Zappa zu versorgen. Arm abbinden, Druckverband anlegen.

Ich schaue und schaue, kann keinen der Gedanken anhalten, die vorbeirasen.

Das muss genäht werden, sagt Fränzi irgendwann. Die Wunde ist zu tief, um sie zu klammern.

Zappa schlägt die Augen auf.

Ich kann das machen, meldet sich Ole hinter mir. Kein Problem.

Auf keinen Fall!, protestiert Zappa matt. Vorher amputiere ich mich selbst. Du musst dich um den *Eclipse* kümmern. Da ist was schiefgegangen. Der Bohrkopf hängt unten im Loch fest.

Jetzt erst sehe ich das zerfetzte Stahlseil, das wie eine tote Schlange neben uns im Schnee liegt. Einfach abgerissen wie ein Bindfaden. Der Ruck muss heftig gewesen sein.

Du hast Schwein gehabt, Mann, sagt Thomas. Das hätte dich den Kopf kosten können.

Ich greife nach Zappas gesunder Hand, die genauso kalt ist wie meine.

Mach dir keine Gedanken, sagt er. Fränzi kann super nähen. Und den Rest kriegen wir auch irgendwie hin.

Ich ringe mir ein Lächeln ab.

He, sage ich. Das ist eigentlich mein Text.

Ich hätte jetzt wirklich gerne eine Zigarette, sagt er.

Ich auch.

7

Ich weiß nicht, was ich tun soll.

Abwarten? Abbrechen? Zwei nackte Optionen, eine schlechter als die andere. Seit Stunden schiebe ich sie hin und her, während Thomas und Ole versuchen, den Bohrer zu bergen.

Fränzi sitzt vor dem Laptop und klickt schneller als ein Sekundenzeiger zwischen Graphen und Tabellen hin und her.

Kannst du mal damit aufhören?, sage ich. Du machst mich ganz verrückt.

Verrückt gibt es nicht, sagt sie.

Nervös, sage ich beherrscht.

Ich versuche, einen Plan auszurechnen.

Und wie sieht der aus?

Der Bohrer hängt auf ungefähr dreißig Metern, sagt sie. Dass wir ihn unbeschadet bergen können, ist mit nahezu hundert Prozent auszuschließen. Das Reparieren wird im besten Fall einen, wahrscheinlicher aber zwei Tage in Anspruch nehmen, falls Ole es unter Zappas Anleitung schafft. Idealerweise kann Zappa morgen wieder aufstehen, aber sein Arm wird in den nächsten Wochen nicht belastbar sein, das heißt, er fällt für den Rest unserer Zeit hier als Arbeitskraft aus. Zum Abbauen und Einpacken brauchen wir zu viert mindestens zwei Tage. In sechs Tagen kommt planmäßig das Flugzeug. Bleiben maximal drei Tage zum Bohren, wenn es keine weiteren Komplikationen gibt. Die rechnerische Wahrscheinlichkeit dafür beträgt –

Ist gut, sage ich. Ich habe verstanden.

Das Wetter wird aller Voraussicht nach halten, was den positiven Faktor erhöht …

Fränzi …

Ja?

Ich muss eine Entscheidung treffen.

Das ist korrekt.

Und welche?

Das weiß ich nicht. Aber du solltest morgen entscheiden. Dann wissen wir, was mit dem Bohrer ist und wie es Zappa geht. Das schränkt die Variablen ein.

Sie blickt mich aus ihren seegrünen Augen an. Wie sie es sagt, klingt es ganz einfach.

Wenn Ole und Thomas es heute noch schaffen und Zappa sich schnell erholt, könnten wir vielleicht noch mal durchstarten …

Du denkst ziemlich unrealistisch, sagt sie.

Die Watsche sitzt. Ich verziehe das Gesicht, antworte nicht. Werfe resigniert das Bohrlog auf den Tisch. Der Bleistift rutscht zwischen den Seiten hervor. Ich sehe ruhig zu, wie er langsam über die Platte kullert und sich mit letzter Kraft über die Kante fallen lässt. Mit einem Stöhnen bücke ich mich danach.

Ich muss nach Zappa schauen, sagt Fränzi. Sie greift sich den Arztkoffer und ist schon fast aus der Tür, da hält sie noch einmal inne und sagt, ohne sich zu mir umzudrehen:

Es ist sinnlos, sich an Illusionen zu klammern, wenn die Fakten gegen einen sprechen.

Ein paar Sekunden starre ich hinter ihr ins Leere. Und als ich ein leises Knirschen höre, dauert es einen Moment, bis ich merke, dass es von meinen Zähne rührt.

Ich nehme das Notizheft vom Tisch, blättere bis zum letzten Eintrag. Wie gedruckt stehen die Zahlenkolonnen in Fränzis gradliniger Handschrift untereinander, darunter die letzten von mir eingetragenen Daten.

Knapp hundert Meter Vergangenheit haben wir kartiert.

Immerhin etwas.

Aber zu wenig. Zu wenig!

Ich schlage das Deckblatt auf.

Hawkings Satz, den ich so hoffnungsfroh notiert habe. *Die Vergangenheit sagt uns, wer wir sind, ohne sie verlieren wir unsere Identität.* Mit dem Bleistift fahre ich die Buchstaben nach. Wieder und wieder. Die Worte werden immer dicker.

Was ist schon Vergangenheit?, frage ich laut.

Es gibt ein Foto von uns, damals, in unserem ersten Sommer. In voller Expeditionsmontur, breit grinsend stehen wir im Garten vor unserem Zelt, die Arme einander um die Schultern gelegt.

Nini hat es gemacht, mit der alten Voigtländer, lange bevor sie dir die Kamera schenkte.

Wir haben eine Aufnahme aus unserem großen Antarktisbildband nachgestellt. Ich erinnere mich genau an das körnige Schwarz-Weiß-Foto im Buch – ich kannte alle Bilder auswendig –, es war auf einer rechten Seite abgebildet, leicht unscharf, aber dadurch umso realistischer. Und an den Tag, an das Arrangement, sogar an das Wetter erinnere ich mich. Es war windig, und später hat es geregnet, du hast bei uns geschlafen, obwohl du keine Zahnbürste dabeihattest, und Mama hat uns erlaubt, mit dem Finger die Zähne zu putzen.

Als Nini ein paar Monate später die Abzüge aus der Drogerie abholte, gab sie jedem von uns einen. Ich weiß nicht, was ihr mit euren gemacht habt, aber ich habe irgendwann *Scott, Wilson und Amundsen forever* auf die Rückseite meines Fotos gekritzelt. Weil es so war und sein würde. Weil ich es so wollte.

Aber weißt du, was seltsam ist?

Diese historische Vorlage kann es gar nicht gegeben haben. Sie muss meiner Fantasie entsprungen sein. Denn diese drei Männer haben sicher niemals gemeinsam in die Kamera geschaut. Wahrscheinlich sind sie sich in dieser Konstellation nicht einmal begegnet. Sie teilten vielleicht einen Kosmos, aber sie lebten in unterschiedlichen Welten.

Das geht mir erst jetzt auf, während ich auf Hawkings Weisheit schaue.

Alles, an das wir uns erinnern, ist erfunden. Und trotzdem wahr.

Ich greife nach dem Bleistift und streiche *Vergangenheit* durch – ein Mal, zwei Mal, fünf Mal –, dann schreibe ich *Erinnerung* darüber.

Klopf, klopf, sage ich.

Herein, kommt es von drinnen.

Ich ziehe den Reißverschluss auf und stecke den Kopf in Zappas Zelt. Er liegt dick eingepackt in seinem Schlafsack, blickt mir aus müden Augen entgegen.

Komm rein.

Wie geht es dir?, frage ich.

Könnte schlimmer sein.

Wir lächeln einander an. Eine Umarmung mit den Augen.

Zappa versucht, sich aufzusetzen. Verzieht das Gesicht, als hätte er in eine Zitrone gebissen.

Schmerzen?

Er schüttelt den Kopf.

Fränzi hat mich gut versorgt, sagt er. Ich bin auch praktisch schon wieder fit. Morgen können wir weitermachen. Gib mir mal die Jacke rüber, bitte.

Ich reiche ihm die Fleecejacke, und er macht Anstalten, sich anzuziehen. Meine zur Unterstützung ausgestreckte Hand ignoriert er.

Wie weit sind Thomas und Ole?, fragt er, macht wieder das Zitronengesicht, als er mit der gesunden Hand vorsichtig den Ärmel über den verletzten Arm zieht. In welchem Zustand ist der *Eclipse*?

Ich habe einen Wackerstein im Bauch, oder irgendetwas anderes, was das Atmen schwer macht.

Wir haben ihn verloren, sage ich.

Quatsch. Er zwängt die gesunde Hand in die Jacke. So einfach verliert man keinen Bohrer. Ole ist ein Dilettant, und Thomas traut sich einfach nicht zu, das Heft in die Hand zu nehmen. Ich muss –

Zappa … Du weißt, dass das nicht stimmt. Sie haben wirklich –

Ich kriege das hin! Verloren, was für ein gequirlter Unsinn, Hanna! Hast du vergessen, warum wir hier sind?

Ich schüttele den Kopf. Nein. Das habe ich ganz sicher

nicht vergessen. Keine einzige Sekunde. Zu weit habe ich mich gestreckt und sogar verbogen, um hierherzukommen. Zu viel hängt daran; ja, eigentlich alles.

Die beiden kennen die wirklich guten Tricks gar nicht, sagt er. Ich hole uns den Bohrer wieder raus.

Zappa greift nach seiner Mütze, setzt sie sich schief auf den Kopf.

Für einen Moment nebelt in mir das Gefühl hoch, er könnte vielleicht recht haben und das Unmögliche möglich machen. Wir könnten doch noch die Chance haben, diese Pleite abzuwenden. Ich sehe uns weiterarbeiten, uns gegenseitig anspornen, gratulieren. Sehe uns am letzten Tag ein glückliches Abschlussfoto machen. Lachend und mit erhobenen Gläsern, wie eine Gruppe, die mit dem Kanu die Niagarafälle runtergefahren ist und wider Erwarten überlebt hat.

Dann sehe ich, wie Zappa versucht, den Schlafsack zu öffnen. Seine Finger, die sonst kleinste Schräubchen halten, schaffen es nicht, den Reißverschluss zu fassen.

Wir haben wirklich alles versucht, glaub mir.

Nichts habt ihr. Ihr habt keine Ahnung, quetscht er zwischen zusammengebissenen Zähnen hervor. Hose!

Ich schaue auf seine bebenden Hände, in sein blasses Gesicht. Auf seiner Stirn perlt der Schweiß.

Zappa, sage ich. Leg dich wieder hin.

Ich entscheide, wann der Bohrer verloren ist, bellt er. Außer mir kann das hier niemand beurteilen. Die Geräte sind mein Verantwortungsbereich. Und jetzt gib mir die Hose!

Es pulst in meinen Ohren. Mein Herz pocht, als wäre ich gerannt. Von zu Hause bis hierher, von früher bis heute. Die ganze weite Strecke, nur um jetzt hier zu hocken und diesen einen Satz zu sagen:

Nein, ich entscheide.

Aber –

Wir starren einander in die Augen. Sekundenlanges Ausloten von Abgründen.

Es ist vorbei, sage ich. Es geht nicht mehr weiter.

Jetzt ist es raus. Seit Ole vor einer Stunde vor mir stand, mit Tränen in den Augen, habe ich es gewusst. Habe nur vor mir hergeschoben, es auszusprechen, wie eine zu hohe Rechnung, von der man weiß, dass man sie doch irgendwann bezahlen muss. Wie sagte Scott? *Alle Träume dahin!* Ja. Eine bleierne Schwäche erfasst mich.

Also Abbruch?

Du brauchst ohnehin einen richtigen Arzt, bringe ich mit rauer Stimme hervor.

Er schnieft.

Was ich jetzt wirklich brauche, ist ein Schnaps.

Wortlos ziehe ich den Aquavit aus meinem Overall, schraube den Deckel von der Flasche und halte sie ihm hin.

Ohne mich aus dem Blick zu lassen, nimmt er einen großen Schluck.

Das hätte mir nicht passieren dürfen, sagt er.

Es ist nicht deine Schuld.

Vielleicht nicht, vielleicht aber doch.

Wir können froh sein, dass nichts Schlimmeres passiert ist, sage ich, trinke, ohne den Flaschenhals abzuwischen.

Still begießen wir unsere Enttäuschung, bis die Flasche nichts mehr hergibt und das Zelt zu schwanken beginnt. Meine Muskeln sind aus Wackelpudding, mein Kopf ist leicht und scheint zu tanzen, ein heliumgefüllter Kirmesballon.

Oh, Antarktis, du Sündenpfuhl!, sagt Zappa irgendwann.

Wir müssen lachen. Es ist ein kurzes, trauriges Lachen, dann krabble ich auf allen vieren aus dem Zelt.

Nach ein paar Metern lasse ich mich auf den Bauch fallen, bleibe liegen. Der Schnee brennt auf der Haut im Gesicht. Ein paar Kristalle verfangen sich in meinen Wimpern, funkeln bei jedem Zwinkern vor meiner Pupille auf und ab wie riesige Diamanten. Eine Weile bestaune ich den Regenbogen darin. Dann wälze ich mich auf den Rücken und schaue in den überbelichteten Himmel.

Es ist gar nicht kalt.

Man könnte einen Schneeengel machen. Man müsste nur ein bisschen die Arme auf und ab und die Beine nach links und rechts bewegen. Wie lange habe ich das nicht mehr versucht.

Die Kunst ist es, ihm beim Aufstehen nicht die Flügel zu brechen, hast du immer gesagt. Während ich noch überlege, wie das gehen könnte, entdecke ich die drei Sonnen.

Um die große Sonne liegt ein weiß gleißender Ring, und darauf stehen, als treue Gefährten, zwei klare Nebensonnen. Zu dritt scheinen sie feierlich auf mich herunter, sind sich nicht zu schade für ein kleines Publikum.

Ein makelloser Halo.

Ich rapple mich hoch. Diesem besonderen Moment, wenn der Himmel von schwebenden Eiskristallen, in denen sich das Licht millionenfach bricht, zum Leuchten gebracht wird, muss man aufrecht begegnen.

Mit weit offenen Augen schaue ich hinauf, um keine Sekunde dieser Erscheinung zu verpassen, die so scheu und flüchtig und schmerzhaft schön ist. Es kommt mir vor, als würde sie mir absichtlich die Sehnsucht in die Netzhaut brennen. Mich sie vermissen lassen, obgleich sie noch da ist. Denn ich weiß ja, sie kommt und geht, wie es ihr gefällt. Leuchtet eine Weile und verschwindet leise, ohne sich zu verabschieden.

Genau wie du.

So habe ich das noch nie gesehen, sagst du neben mir.

Ich auch nicht.

Mit Nebensonnen *und* Parrybogen, fährst du fort. Das gibt es nur sehr, sehr selten.

Ja, sage ich nach einer Weile. Das darf man wirklich nicht versäumen.

Ist doch irre schön, oder?

Ich nicke.

Einhellig betrachten wir die Spiegelungen, die hellen Punkte und symmetrischen Linien, die durchs seidige Blau laufen wie ein Schnittmuster für ein Festtagskleid.

Dann, schleichend, nahezu unmerklich, wird der Schein schwächer. Verliert von Sekunde zu Sekunde an Kraft.

Bleib doch noch ein bisschen, möchte ich rufen, halte mit starren Augen an dem leuchtenden Ring fest, doch er wird immer durchsichtiger und unwirklicher.

Irgendwann kann ich nicht mehr, muss zwinkern. Und von diesem einen zum nächsten Wimpernschlag ist die Erscheinung plötzlich nicht mehr da. Nichts bleibt zurück, kein Schimmer, kein Zeichen. Als hätte es den Halo nie gegeben.

Ende der Vorstellung. Vorhang zu und Saallicht an. Während das Auge sich noch daran gewöhnt, ist die Illusion bereits Erinnerung. Ein wenig ungläubig schaue ich weiter auf die einsame Stelle am Himmel. Spüre einen Lufthauch im Gesicht. Langsam schieben sich die hohen Cirruswolken dichter zusammen.

Das war's dann wohl, stellst du fest, bohrst die Hände in die Hosentaschen.

Unsere Blicke begegnen sich, nur ganz kurz, doch lang genug, um mich lächeln zu lassen, dann wendest du dich ohne ein weiteres Wort ab und gehst davon.

Ich sehe dir nach.

Dies ist ein Ort, an dem Zweifel enden.

Dank

Dieser Roman entstand mit der Unterstützung des Hanse-Wissenschaftskollegs Delmenhorst und der Cafe Royal Kulturstiftung Hamburg. Das Alfred-Wegener-Institut Bremerhaven ermöglichte mir vielseitigen Einblick in die Arbeit von Glaziologen und in den Lebens- und Wissenschaftsalltag an der arktischen Forschungsstation AWIPEV. Für diese großzügige Hilfestellung bin ich sehr dankbar.

Das Östersjöns författeroch översättarcentrum und die Foundation Heinrich & Jane Ledig-Rowohlt boten mir Freiraum und magische Zeit zum Schreiben.

Mein persönlicher Dank gilt Daniela Jansen und Anna Wegner für ihre Expertise, Nikolaus Gelpke und Katja Scholtz für das große Vertrauen in meine Idee und die Geduld, abzuwarten, bis ein Text daraus wird, Anoukh Foerg für klugen Rat und entschlossene Tat zu jeder Zeit, Heikko für das kreative Sparring, Katharina für die unendliche Bereitschaft, jeden kleinsten Gedanken mitzudenken, und dir, Wolfgang, für deinen unerschütterlichen Glauben an mich und deine Kraft. Mit dir an meiner Seite ist es nirgends zu kalt und immer hell.